DARF'S EIN BISSCHEN MEER LIEBE SEIN?

Über die Autorin

Hinter der Autorin Michelle Schrenk steckt eine 1983 geborene Wassermannfrau, die es liebt zu träumen und es hasst, Zwiebeln zu schneiden. Schon immer widmete sie sich dem Erfinden von Geschichten und begann bereits im Grundschulalter damit, sie aufzuschreiben. Mit ihren gefühlvollen Liebesromanen, dem Mutmachbuch »Die Suche nach dem verlorenen Stern« sowie drei Kinderbüchern hat sie sich nun ihren Traum vom Schreiben erfüllt.

Nahezu jeder ihrer Titel war in den Amazon Top 100 vertreten, ihr herzerwärmender Roman »Kein Himmel ohne Sterne« sogar zehn Monate lang ohne Unterbrechung. Ihr Roman »Irgendwo hinter den Wolken« war Finalist des Kindle Storyteller Awards 2019. Sie ist überzeugt, dass es viele Wege zum Glück gibt, und hofft, ihren Lesern mit ihren Büchern ein wenig davon zu schenken.

Mehr über Michelle und ihre Bücher gibt's im Internet auf michelleschrenk.de.

Mehr aus Michelles Leben auf Facebook und Instagram: www.facebook.com/MichelleSchrenkAutorin
www.instagram.com/michelle_schrenk_autorin

MICHELLE SCHRENK

Darf's ein bisschen Meer sein? Liebe

Roman

1. Auflage, 2022

Danke an alle Partner, ohne deren Unterstützung dieses Buch nicht möglich gewesen wäre:

Covergestaltung:
Michelle Schrenk, @canva, www.canva.com

Lektorat und Redaktion:
Susanne Jauss, jauss-lektorat.de

Porträt Michelle Schrenk:
Nathalie Majewski, namama.de

Für jeden von euch,
für den es auch ein bisschen
Meer sein darf … ☺

Sachbuch oder Liebesroman?

»Na, was gibt es heute zu lesen, Kati?«

Ich zucke zusammen, denn ich habe gar nicht bemerkt, dass mein Chef Richard Günther die Praxis betreten hat, so vertieft war ich in mein Buch. Als ich jetzt von meinem Platz hinter der Anmeldung aufsehe, lächelt er mir zu. Sein Haar ist schon ergraut, die blauen Augen sind von Fältchen umrahmt, dennoch hat er noch immer diesen jugendlichen Charme.

Ehe ich etwas antworten kann, reckt er den Kopf und wirft einen Blick auf das Buch in meinen Händen. »Ah, die Geschichte kenne ich, ein sehr schöner Liebesroman.«

Ich lege das Buch auf den Schreibtisch und erwidere sein Lächeln. »Du bist wirklich der einzige Mann, den ich kenne, der Liebesromane mag.«

»Na ja, wenn man sieht, was im wirklichen Leben so alles geschieht, dann darf es in Büchern doch gern etwas mehr Liebe sein, oder?«

»Da hast du völlig recht.« Ich seufze leise. »Aber wann passiert das, was in den Liebesgeschichten beschrieben wird, schon mal im echten Leben? Nehmen wir zum Beispiel die Hauptfigur in diesem Buch. Sie fährt in den Urlaub ans Meer und erlebt dort die große Liebe. Das ist schön, klar, aber irgendwo viel zu einfach und meistens auch etwas zu kitschig. So läuft es in der Realität doch niemals ab.«

Er grinst. »Das mag schon sein. Aber mal ehrlich, Kati, wenn du ein Buch sein könntest, wärst du lieber ein schnödes, nüchternes Sachbuch oder ein richtig schöner, schnulziger Liebesroman?«

Da muss ich nicht lange überlegen. Im echten Leben passieren zu viele Dramen, Unglücke, traurige Begebenheiten, da möchte ich in Büchern nicht auch noch davon lesen. Das gilt zumindest für mich. »Hm, okay, stimmt«, antworte ich also. »Ich entscheide mich auch für den kitschigen Liebesroman, und wenn ich es mir aussuchen könnte, würde er wohl ebenfalls am Meer spielen.«

»Eine gute Wahl. Ich liebe das Meer auch sehr. Und mal ehrlich, diesen Kitsch – oder nennen wir ihn Zuckerguss fürs Herz – braucht man doch.«

»Irgendwann möchte ich mal wieder ans Meer«, sage ich und spüre einen Anflug von Sehnsucht. »Am liebsten in ein kleines, bunt gestrichenes Häuschen direkt am Strand. Und in Sachen Liebe darf dann auch gern etwas laufen.« Rasch winke ich ab. »Ach, ich träume schon wieder.«

»Also, dieses Buch würde ich auch lesen wollen. Klingt tatsächlich nach einer Geschichte zum Wegträumen.« Richard zwinkert mir zu. »Und denk immer daran, Kati, im Leben darf es ab und zu ruhig ein bisschen mehr sein.«

Mit einem Mal greift er sich mit schmerzverzerrtem Gesicht an die Brust. Ich stehe auf und gehe schnell um den Tresen herum zu ihm hin. »Was ist los?«, frage ich besorgt.

Er atmet ein paarmal schwer und sieht mich dann ernst an. »Ich glaube, ich muss mal mit dir reden, Kati.«

Darf's ein bisschen mehr sein?

Ein paar Wochen später

»Darf's ein bisschen mehr sein?« Die Stimme der Verkäuferin, die gerade dabei ist, mein Hackfleisch auf die Waage zu legen, rauscht durch meinen Kopf und lässt mich aufschrecken.

Was hat sie da gesagt? Ein bisschen mehr? Ha! Inwiefern? Geht denn überhaupt noch mehr?

Nach diesem Tag frage ich mich das ernsthaft. Wäre mein Leben ein Buch, dann würde ich zum Autor sagen: »Jetzt ist es genug. Nach dem ganzen Chaos und Mist der letzten Zeit muss die Spannungskurve nun nach oben zeigen. Bei mir muss es endlich mal aufwärtsgehen.« Aber na ja.

Ach, das Leben ist doch zu lustig. Ich beiße mir auf die Unterlippe. Was soll ich jetzt antworten? Mehr? Ja, ich wollte immer mehr im Leben. Mehr Kitsch, mehr Positives, mehr Happy End. Darauf habe ich immer gehofft, aber im Moment sieht es nicht so danach aus.

Denn gerade scheint mich alles in meinem Leben wie eine unerwartete Welle zu überrollen. Nicht nur, dass ich ganz rechts, wo die Drogerieabteilung beginnt, Christopher entdecke, zusammen mit einer superblonden Verkäuferin, die ihn kichernd an sich zieht und küsst. Nein, da ist vor allem auch die Tatsache, dass mein Chef vor einer Woche verstorben ist.

Aber ganz von vorn. Am besten stelle ich mich einfach mal vor. Mein Name ist Kati Springer, und mein Leben ist wohl so wie das der meisten Menschen auf diesem Planeten: Ich stehe jeden Tag auf, um zur Arbeit zu gehen – in meinem Fall ist das die Arztpraxis, in der ich seit fünf Jahren tätig bin. Wenn mir die Zeit bleibt, treffe ich Freunde, und am liebsten entspanne ich mich, indem ich ein wenig fernsehe oder ein Buch lese, bei dem ich mich wegträumen kann. Am liebsten mag ich Liebesromane mit viel Romantik und allem Möglichen fürs Herz. Mir gefällt, dass es darin meistens ein Happy End gibt und immer alles irgendwie funktioniert. Gut, manchmal ist es vielleicht etwas zu viel, zu kitschig. Aber wie pflegte mein Chef immer zu sagen? »Diesen Zuckerguss fürs Herz braucht man doch. Im Leben darf es ab und zu ruhig ein bisschen mehr sein.« Vielleicht trifft mich die Frage der Fleischverkäuferin ja deshalb so sehr, weil ich dabei an ihn denken muss.

Richard Günther war nicht nur der Inhaber der Allgemeinarztpraxis, in der ich arbeite, sondern auch ein guter Freund. Vorhin, als ich den Praxisschlüssel an seinen Nachfolger übergab, hatte ich unglaubliche Herzschmerzen.

Aus diesem Grund wollte ich heute Abend mit Christopher einfach mal abschalten. Er ist der Mann, mit dem sich in letzter Zeit in meinem Leben etwas angebahnt hat, doch das kann ich ja nun vergessen. Eine Mischung aus Wut und Trauer rauscht durch mich hindurch. So habe ich mir das alles nicht vorgestellt.

»Na? Darf's jetzt ein bisschen mehr sein?« Die Stimme der Verkäuferin drängt sich in meine Gedanken.

Ein bisschen mehr sein? Was für eine verrückte Frage, denn auf einmal wird mir alles zu viel. In mir rauscht ein Sturm, meine Gefühle drehen beinahe durch. Was ist nur los mit mir? Ich hatte doch in den letzten Wochen alles so gut unter Kontrolle, habe funktioniert. Aber jetzt funktionieren meine Gefühle plötzlich nicht mehr, und ich stelle mir die eine Frage: Wie soll nur alles weitergehen?

Ich sehe die Verkäuferin an. »Inwiefern mehr? In meinem Leben?« Während die Gefühle weiter in mir toben, rutschen die Worte einfach so aus mir heraus.

»Na ja, es … es geht doch um Ihr Hackfleisch, oder?« Ich scheine sie mit meiner Frage ziemlich durcheinandergebracht zu haben. »Ich habe da jetzt fünfhundertsechzig Gramm statt fünfhundert abgewogen. Ist das recht so?«

Sechzig Gramm mehr? Ohne dass ich es will, fange ich an zu lachen, und es hört sich schon ziemlich hysterisch an. »Sechzig Gramm …« Mein Blick wandert erneut zu Christopher und seiner blonden Verkäuferin. Wie sie ihn anhimmelt. Hat er mir nicht erzählt, dass er einen Termin hat und deswegen später heimkommt? So ein …

Während ich versuche, meine Gedanken zu ordnen, zieht mich das Summen meines Handys ins Hier und Jetzt zurück. Es ist eine Nachricht von Nele, meiner besten Freundin seit Kindertagen. *Weißt du schon, ob du kommst?*, schreibt sie.

Ich atme tief durch. Diese Frage kommt wie gerufen. Schon so lange habe ich vor, Nele mal zu besuchen, mal wieder ans Meer zu fahren, aber will ich das wirklich in dieser Situation, in der ich mich gerade befinde?

Eigentlich wäre es wohl das Beste, ich würde mich irgendwo verstecken, mich eingraben und darauf hoffen, dass alles, was mich gerade so traurig macht, aufhört. Und ich würde erst dann aufwachen, wenn mir die Geschichte, in der ich gelandet bin, gefällt. Ich unterdrücke die Tränen, die sich aus meinen Augen stehlen wollen.

Nicht weinen, Kati, atmen.

Auf einmal muss ich an Richards Brief denken, den ich seit einer guten Stunde in der Tasche habe. Ich habe ihn ganz oben in einer kleinen Kiste gefunden, die er in der Praxis für mich deponiert hatte. Als ich mir den Inhalt noch einmal vor Augen führe, muss ich schlucken.

Liebe Kati,
ich möchte dir von Herzen danken für deine Unterstützung in all den Jahren. Es hat mir so viel Freude gemacht, mit dir zusammenzuarbeiten.
Nun wünsche ich mir, dass du mal wieder etwas für dich tust. Dass du dir deine Wünsche erfüllst. Fang doch mit dem Wunsch an, ans Meer zu fahren, in ein hübsches Häuschen. Kannst du dich noch daran erinnern, wie oft wir darüber geredet haben? Darüber und über die Romane, die du so gern liest? Vielleicht findest ja auch du etwas Großartiges am Meer. Travemünde ist wundervoll, dort wartet nicht nur deine Freundin Nele auf dich, sondern so viel mehr. Also tue es einfach. Das Leben ist zu kurz, um zu lange auf den Ruf der Wellen und des Meeres zu verzichten. Es darf auch für dich mal wieder ein bisschen Meer sein … Also werde selbst zu einer der Geschichten, die du so gern liest.
Mit herzlichen Wünschen
dein Richard Günther

Praktisch gleichzeitig erhalte ich eine neue Nachricht von Nele: *Du kannst Urlaub echt gebrauchen, und zu meinem Geburtstag wolltest du doch sowieso kommen. Warum dann nicht ein paar Tage länger? Also?*

Es stimmt schon, ich sollte mal wieder ans Meer fahren, zumal ich merke, dass ich eine kleine Auszeit dringend gebrauchen kann. Ganz lange war das undenkbar für mich, so eingespannt war ich mit allem. Doch Richard hat mir mit seinem Brief den entscheidenden Anstoß gegeben. Auch wenn das Leben kein Buch ist, wartet ja vielleicht eine ganz neue Geschichte auf mich.

»Ich will ja nicht nerven, aber was ist denn jetzt? Sie müssen sich schon entscheiden.« Die Stimme der Fleischverkäuferin wird nun immer ungeduldiger.

Und dann tue ich es einfach. Ich straffe die Schultern und antworte fest entschlossen: »Wissen Sie was? Ja, ich will ans Meer. Unbedingt! Ich danke Ihnen, dass Sie mich darauf aufmerksam gemacht haben.«

»Ähm, gut, das … das freut mich wirklich für Sie, aber … mir geht es doch nur um mehr Hackfleisch.«

Ich lache. »Und mir geht es ums Meer. Ja, ums Meer und um mehr und …« Okay, ich glaube, ich habe gerade einen kleinen Gefühlszusammenbruch, oder wie man das auch immer nennen mag.

»Na dann.« Sie wirft mir einen Blick zu, als würde sie an meiner geistigen Zurechnungsfähigkeit zweifeln. Mit einem kaum wahrnehmbaren Kopfschütteln packt sie das Hackfleisch ein und reicht mir die Tüte, die ich in meinen Einkaufswagen lege.

Als ich mich abwende, höre ich sie noch hinter mir murmeln: »Irgendwie sind die Leute gerade alle verrückt.«

Ja, vielleicht bin ich das wirklich. Aber fangen nicht die besten Geschichten damit an, dass man etwas Verrücktes tut?

»Nein, ähm, doch, natürlich klappt es, nur mit einem anderen Haus. Ich hoffe, das ist in Ordnung für Sie. Es hat die gleiche Kategorie wie das Haus, das Sie gebucht haben. Das heißt, so gut wie. Es ist etwas abgelegener, etwas uriger, aber dennoch schön.«

Keine Ahnung, was »so gut wie«, »etwas abgelegener« und »etwas uriger« bedeutet, doch habe ich jetzt noch eine Wahl?

»Okay, und wie geht es nun weiter? Ist die Adresse dieselbe?«

»Nein, aber ich habe Ihnen eine Nachricht mit der neuen Adresse geschickt. Den Schlüssel habe ich auch bereits dort deponiert, unter einem Stein neben der Tür. Wie gesagt, es tut mir sehr leid. Aber Sie wissen ja, manchmal ändern sich die Dinge im Leben ganz unerwartet.«

Und wie ich das weiß.

»Schon gut, danke, dann machen wir das eben so«, antworte ich, weil ich einfach nur erleichtert bin, dass es mit der Unterkunft trotzdem klappt.

Im Endeffekt ist es nur ein anderes Haus, daran wird schon nichts verkehrt sein. Solange es keine Bruchbude ist … Und falls doch, kann ich es jetzt auch nicht mehr ändern. Wenn es so sein soll, dann soll es einfach so sein.

»Super. Also dann, danke für Ihr Verständnis, und ich wünsche Ihnen einen schönen Aufenthalt bei uns«, sagt Frau Mindström noch, dann beenden wir das Gespräch.

Wie es der Zufall will, kommt bereits nach fünfhundert Metern ein Rastplatz. Ich beschließe, kurz von der Autobahn abzufahren, um in aller Ruhe die neue Adresse ins Navi einzugeben. Bei dieser Gelegenheit sehe ich auch gleich bei Google Maps nach und atme erleichtert auf. Das Haus sieht tatsächlich auch gut aus. Wenn man den Aufnahmen Glauben schenken kann - in solchen Apps ist ja nicht immer alles aktuell -, scheint es sich ebenfalls direkt am Meer zu befinden, ganz in der Nähe des Hauses, das ich ursprünglich gebucht habe. Also gut, dann werde ich mal das neue Ziel ansteuern.

Ja, mein neues Ziel - das Meer - ist nicht mehr weit entfernt, und ich kann es kaum erwarten. Auch wenn es nicht das ursprüngliche Ziel ist, hat es vielleicht doch irgendwie seinen Sinn.

Während ich den Wagen auf dem Parkplatz abstelle, mustere ich neugierig das Häuschen, das von hohem Dünengras umgeben ist und in den nächsten Tagen mein Zuhause sein wird.

Okay, es ist urig. Anders als erwartet. Mein Herz klopft heftig. Beruhige dich, Kati, man soll nichts und niemanden nur nach seinem Äußeren beurteilen. Es geht doch auch darum, was im Inneren steckt, oder?

Doch das Haus scheint in der Tat schon bessere Tage gesehen zu haben. Die Fassade, die früher wohl mal eine undefinierbare Farbe hatte, blättert leicht ab und sieht aus wie das vernarbte Gesicht eines weisen alten Mannes. Na ja, wenigstens liegt es am Meer.

Mein Telefon klingelt, es ist Nele.

»Na, bist du schon da?«, fragt sie, nachdem ich das Gespräch angenommen habe.

»Jap, ich stehe mit Sack und Pack vor dem Ferienhäuschen. Wobei es allerdings ein anderes ist als das, was ich gebucht habe. Frau Mindström hat mich während der Fahrt noch angerufen, dass es eine kleine Änderung gibt. Und … sie hat es schon am Telefon angedeutet, das Haus ist … na ja, ziemlich urig.«

»So schlimm?«

»Nun, ich hoffe mal, es ist innen anders als außen. Die Fassade bröckelt schon ein wenig.«

»Oh, wo ist es denn genau? … Okay, das Haus kenne ich. Es hat vor nicht allzu langer Zeit den Besitzer gewechselt. Ich wusste gar nicht, dass es vermietet wird«, meint sie, nachdem ich ihr die Adresse durchgegeben habe. Na klasse, das spricht jetzt nicht wirklich für das Haus, oder? »Aber soweit ich weiß, liegt es auch direkt am Strand. Und näher an unserer Wohnung.«

»Ja, das ist gut«, antworte ich und versuche, nicht so bedrückt zu wirken. Ich bin am Meer, das hatte ich wirklich schon lange vor. In einem alten Haus, was ja in vielen Büchern durchaus für Romantik sorgt. Erst im letzten Buch, das ich gelesen habe, war es so. Also kein Grund, wegen einer bröckelnden Fassade oder einer unerwarteten Planänderung traurig zu sein.

»Jetzt sei nicht so down, Kati. Wir machen es uns richtig schön, feiern am Wochenende meinen Geburtstag, und ansonsten verbringst du eine gute Zeit. Du brauchst wirklich Ruhe für die Seele, dann kommt das Glück schon wieder zu dir zurück. Sieh es doch mal so: In den nächsten Tagen kannst du dich endlich mal wieder sortieren, okay?«

Ich atme tief durch. Da spricht die Hobbypsychologin.

Jedenfalls hat Nele hier ihr Glück gefunden. Ich kann mich noch gut daran erinnern, wie sie damals spontan loszog, allein auf Europareise. Nach einer schweren Trennung wollte sie mal den Kopf frei bekommen. Ja, und dann war da Fiete. Gemeinsam sind sie weitergereist und am Ende in Travemünde gelandet und geblieben. Nele hat sich schon kurze Zeit später mit einem eigenen kleinen Souvenir- und Geschenkeladen selbstständig gemacht. Ich bin schon ganz gespannt, ihn endlich nicht nur auf Fotos, sondern in echt zu sehen. Hach, wäre ihr Leben ein Buch, dann würde ich es auch gern lesen. Meines hingegen …

»Ja, mal sehen«, antworte ich schließlich. »Jetzt finde ich hoffentlich erst mal den Schlüssel, dann warte ich ab, was kommt.«

»Das wird bestimmt gut, ganz sicher. Und wie geht es dir jetzt?« In ihrer Stimme liegt auf einmal ein Anflug von Sorge.

»Es ist alles okay, wirklich. Mach dir keine Gedanken.«

»Ich wollte es nur wissen. Immerhin war es in letzter Zeit wirklich viel bei dir. Der Tod deines Chefs und dann noch diese blöde Sache mit Christopher … Umso wichtiger ist es, dass du mal runterfährst. Es kann jetzt nur besser werden.«

»Absolut.«

»Und das Haus ist sicher auch ganz schön und zudem spannend …«

Jetzt werde ich doch neugierig. Hat Nele vorhin nicht gesagt, dass sie gar nicht wusste, dass das Haus vermietet wird? Warum eigentlich? Weil es womöglich nicht vermietbar ist?

»Spannend? Warum? Gibt es denn einen Haken an dem Haus?«, mutmaße ich. »Falls ja, sag es mir bitte gleich. Weißt du denn etwas über das Haus, das ich nicht weiß?«

»Nein, nicht wirklich. Ich habe im Laden nur mal was aufgeschnappt. Ich dachte eigentlich, dass es verkauft ist, aber da habe ich mich wohl verhört. Ganz früher erzählten sich die Leute, dass die Träume der Menschen, die dort übernachten, wahr werden.«

»Wer glaubt denn so was?«

Sie lacht. »Da siehst du mal, was die Leute so alles tratschen, wenn die Fantasie mit ihnen durchgeht.«

»Das mag schon sein.« Dennoch habe ich auf einmal ein merkwürdiges Gefühl im Magen. »Na schön, ich werde mir jetzt das Ganze mal von innen ansehen. Ich brauche nur noch den Schlüssel, der soll neben dem Eingang unter einem Stein versteckt sein.«

»Super, dann mach dich mal auf die Suche. Wir treffen uns später. Schreib mir, wenn du alles erledigt und dich eingerichtet hast, dann machen wir eine Uhrzeit aus. Ach, ich bin so glücklich. Du wirst es hier lieben, versprochen. Die historischen Häuschen, die breiten Sandstrände, die vorbeiziehenden Schiffe. Dein Haus, das nur einen Steinwurf vom Meer und ein paar Minuten von mir entfernt ist …«

»Das ist das Wichtigste«, entgegne ich.

Sie kichert. »Das sehe ich auch so.«

Nachdem wir aufgelegt haben, steige ich aus dem Auto aus und atme die frische Luft ein, ehe ich mein Gepäck aus dem Kofferraum hole. Das Auto habe ich direkt auf dem Stellplatz vor dem Häuschen geparkt – zumindest sieht es wie ein Stellplatz aus. Ich ziehe meinen Koffer zum Eingang und schaue mich nach dem Schlüssel um, der ja dort irgendwo versteckt sein soll. Es dauert tatsächlich nicht lange, bis ich ein blaues Kuvert finde, das unter einem Stein hervorlugt. Gespannt ziehe ich es hervor, und als ich es öffne, fällt mir ein Schlüssel entgegen. Perfekt. Damit komme ich wohl ins Haus.

Dann beginne ich, den kurzen Brief zu lesen, der sich ebenfalls in dem Umschlag befindet.

Liebe Frau Springer,
willkommen an der Ostsee und viel Spaß in unserem Häuschen mit dem Namen »Meeresrufen«. Wenn Sie diesen Brief lesen, haben Sie den Schlüssel ja bereits entdeckt. In dem kleinen Schuppen neben dem Haus finden Sie Bade- und Strandzeug, das Sie benutzen können. Wenn Sie sonst noch etwas benötigen, melden Sie sich einfach jederzeit bei uns unter der Nummer, die am Telefon im Wohnzimmer vermerkt ist.
Liebe Grüße
Familie Mindström

In meinem Magen kribbelt es, als ich den Schlüssel ins Schloss stecke und die Haustür aufschiebe. Genau in diesem Augenblick höre ich Motorengeräusche, ein Auto scheint sich zu nähern, doch das ist mir gerade ziemlich egal.

Ich trete ein, und sofort macht mein Herz einen Satz. Das Häuschen ist von außen zwar nicht das schönste, aber im Inneren wirklich hübsch eingerichtet mit hellen Möbeln, weiß gestrichenen Wänden und Bildern mit Meeresmotiven. Die Muscheln in den verschiedensten Größen, die zur Dekoration überall verteilt sind, sorgen für ein ganz besonderes Ambiente. Alles wirkt so gemütlich, einfach urlaubsmäßig. Keine Spur einer bösen Überraschung. Ich bin unglaublich erleichtert. Auch wenn einige Spuren der Zeit zu sehen sind, ist es dennoch urig. Im positiven Sinne.

Das Haus ist also okay. Kein Haken. Bis auf diese Legende – oder was auch immer das sein soll. Hier werde ich endlich runterkommen und entspannen und mir keine Gedanken um irgendwas machen.

Das Summen meines Handys zeigt mir an, dass ich eine E-Mail bekommen habe, und als ich sehe, von wem sie stammt, schlucke ich. Mein neuer Chef hat mir geschrieben. Echt heftig, wie schnell die Welt sich weiterdreht.

Liebe Frau Springer, ich schreibe Ihnen, weil …

Ich lese nicht weiter, denn dafür habe ich gerade absolut keinen Nerv.

Nachdem ich das Handy weggesteckt habe, gehe ich auf die große Fensterfront zu, die zur Terrasse führt. Dort bleibe ich einen Moment lang an der offenen Tür stehen und atme tief durch. Denn was ich von hier aus sehe, ist einfach unglaublich und lenkt mich komplett ab. Eine Weite, die mein Herz heftig klopfen lässt und mich mit Wärme füllt. Draußen glitzert der Sand in der Sonne, ebenso das Meer. *Meeresrufen*, ja, der Name passt zu dem Häuschen. Es wirkt tatsächlich so, als würde das Meer einen rufen.

Ohne lange nachzudenken, ziehe ich die Schuhe aus und renne auf das Wasser zu, lasse die salzige und zugleich feuchte Brise, die in der Luft liegt, in meine Lungen strömen. Wie konnte ich nur so lange darauf verzichten? Irgendwie ist es doch so: Erst wenn man wieder am Meer ist, merkt man, wie sehr man es vermisst hat.

Eine Weile lasse ich meine Beine vom Wasser umspülen, ehe ich ein paar Schritte zurückgehe und mich in den Sand setze. Wenn ich das nächste Mal herkomme, muss ich unbedingt den Schlüssel für den Strandkorb mitbringen. Einer der Strandkörbe, die hier stehen, gehört nämlich zu meinem Häuschen, das habe ich auf einem Zettel im Flur gelesen.

Während ich meinen Blick über die Wellen gleiten lasse, graben sich meine nackten Zehen in den warmen Sand. Es ist ruhig, so schön ruhig, und das tut so gut nach allem, was passiert ist.

Noch immer spüre ich so viele Gefühle in mir. Tief in meinem Inneren wusste ich, dass es mit Christopher nicht wirklich passt, auch wenn ich es mir gewünscht hätte. Im Nachhinein gesehen ist er wirklich kein Kerl, den man gern in der eigenen Lebensgeschichte hat, höchstens für irgendeinen Lerneffekt. Und ich wusste auch, was mit Richard passieren würde, dass seine Krankheit ihm nicht mehr viel Zeit lassen würde. Dennoch fühlt es sich unverändert schwer an, weil ich ihn so gern mochte. Erneut muss ich daran denken, wie wir oft über Liebesromane gesprochen haben. Ebenso über das Meer – und jetzt bin ich hier.

Während ich noch in Gedanken versunken bin, dringt plötzlich eine nicht gerade angenehme Stimme in mein Ohr. »Hey, Sie da!«

Ich blicke mich um. Okay, der Kerl, der da auf mich zukommt, will der zu mir? Freundlich sieht er ja nicht gerade aus. Er ist groß, hat recht breite Schultern und scheint mal wieder eine Rasur zu brauchen. Zumindest ist der Bart in seinem Gesicht kein Dreitagebart mehr und wirkt zudem ziemlich verwildert.

Als er vor mir stehen bleibt, blickt er mich genervt an. »Können Sie nicht lesen?«

»Nun, ich denke schon, dass ich lesen kann«, entgegne ich betont kühl, in der Hoffnung, ihm damit schon mal ein wenig den Wind aus den Segeln nehmen zu können. »Aber ich wüsste nicht, was Sie das angeht.«

»Das geht mich sehr wohl was an. Das ist doch Ihr Auto, das da drüben in der Einfahrt steht?«

»Richtig geraten.«

»Dann würde mich mal interessieren, warum Sie in meiner Einfahrt parken. Und was Sie hier überhaupt machen, das ist Privatbesitz!«

Kurz muss ich überlegen, was er meint, dann deute ich auf das Haus. »Ich habe das Ferienhaus gemietet, also …«

»Was? Das kann nicht sein.« Allzu begeistert scheint er ja nicht zu sein. Er entfernt sich ein paar Schritte, zieht sein Handy aus der Hosentasche und drückt ein paarmal darauf herum. Als er zu sprechen beginnt, verfinstert sich seine Miene immer mehr. Zu meinem Pech kann ich von dem, was er sagt, nur ein paar Fetzen verstehen, denn der Wind braust hier draußen doch ziemlich heftig.

Kurze Zeit später steckt er das Handy weg, dabei murmelt er etwas wie: »Na toll, ich dachte, ich kann noch alles fertig machen. So ein Mist.«

Na bitte, da ist er doch, der Haken, der Fehler, die böse Überraschung. Zu allem Übel scheint er auch noch mein Nachbar zu sein.

Er kommt wieder auf mich zu und starrt mich an. Seine Augen sind blau und könnten gar nicht mal übel aussehen, wenn er sie nicht so zukneifen würde. »Nun gut, Sie haben also das Haus gemietet, wie ich gerade erfahren habe. Aber nicht meine Einfahrt. Also, warum stehen Sie dann dort?«

»Ganz einfach, das ist so ein Hobby von mir. Ich belege immer die Parkplätze fremder Leute, damit sie sich ärgern.«

Er runzelt die Stirn. »Das soll jetzt nicht witzig sein, oder? Also warum?«

»So eine blöde Frage. Vielleicht, weil ich keinen blassen Schimmer hatte, dass es Ihre Einfahrt ist«, antworte ich. »Aber vielen Dank, dass Sie mich so unfreundlich darauf hingewiesen haben.«

Sein Mund steht nun weit offen. »Wieso unfreundlich?«

Aha. Sollte er das als freundlich bezeichnen, dann möchte ich ihn aber nicht erleben, wenn er erst unfreundlich ist. Was für ein unangenehmer Kerl. Viel zu groß, viel zu mürrisch, viel zu breit und ein viel zu langer Bart.

»Stimmt, so unfreundlich waren Sie ja gar nicht. Es war eher unglaublich liebevoll, wie Sie gerade auf mich zugekommen sind und mir unterstellt haben, nicht lesen zu können.«

Er winkt ab. »Jedenfalls wäre es super, wenn Sie jetzt Ihren Luxushintern bewegen und das Auto wegfahren könnten. Und zwar dorthin, wo es hingehört: in Ihre Einfahrt.«

Meinen Luxushintern, soso. Erstens, wie kommt er darauf? Und zweitens …

»Nein.« Das Wort kommt mir einfach so über die Lippen.

»Wie bitte?«

Er hat schon richtig gehört. Denn mal ehrlich, was bildet er sich ein, mich so herumzukommandieren? Ich habe mir vorgenommen, hier abzuschalten, mich einfach nur zu erholen. Sicher ist es nicht mein Plan, mich von so einem Idioten anmeckern zu lassen. Erneut frage ich mich, wie er überhaupt darauf kommt, dass ich einen Luxushintern habe.

»Der Luxushintern bleibt hier sitzen, und zwar so lange, bis Sie sich für Ihr unfreundliches Benehmen entschuldigt haben.«

Unsere Blicke treffen sich und verharren eine Weile aufeinander. Mir kommt es vor, als wollte er ein Spiel spielen. *Wer sieht zuerst weg* oder so.

Nach ein paar Sekunden blinzelt er kaum merklich. Verloren, denke ich mir.

Doch bevor ich irgendetwas sagen kann, kommt er mir zuvor. »Es ist doch immer das Gleiche mit den Leuten mit Münchener Kennzeichen. Ich sage nur Schickeria und so«, brummt er.

Genau! So ein Ekel.

»Was? Wie oberflächlich kann man bitte sein?«

Mit zusammengekniffenen Augen starrt er mich weiter an. »Eine gute Frage, das muss ich schon sagen.«

Meint er damit mich? Was läuft denn bei dem bitte verkehrt?

»Also, fahren Sie jetzt das Auto weg?«

Ich stehe auf und stemme die Hände in die Hüften. »Sie kommen hierher, maulen mich einfach so an, weil Sie … keine Ahnung, heute Morgen vielleicht in einen toten Fisch getreten sind oder so. Und ich soll springen, wenn Ihnen danach ist. Zudem verbitte ich es mir, dass Sie sich weiter über meinen Luxushintern auslassen!«

»Sie fahren jetzt Ihr Auto da weg!« Nun klingt er noch ein ganzes Stück bissiger, und aus der Frage von vorhin ist ein Befehl geworden, wie ich feststellen muss. Aber ich lasse mir von dem Kerl sicher nichts sagen. Rein gar nichts.

»Sie hätten mich einfach ganz freundlich darauf hinweisen können, doch das haben Sie nicht getan. Also lautet meine Antwort: Nein!«

Was bildet dieser Seebär sich eigentlich ein?

»Gut, dann eben nicht. Wie Sie meinen!« Er wendet sich ab und stapft durch den Sand davon.

Wunderbar, da kommt man am Meer an und muss gleich einen beschissenen Nachbarschaftskrieg à la Maschendrahtzaun und Knallerbsenstrauch führen. Ich setze mich wieder hin, lege den Kopf in den Nacken und schließe die Augen, versuche, die Sonne zu genießen und den leichten Wind, der mit meinen Haaren spielt. Doch es gelingt mir nicht mehr, mich zu entspannen. Ich bin wirklich kein Mensch, der gern streitet. Aber mal ehrlich, ich habe ja auch nicht angefangen.

Ich ziehe mein Handy aus der Tasche und entsperre das Display. Nele hat mir eine Nachricht geschickt. Sie will wissen, wie mir das Haus gefällt und ob wir später zusammen etwas essen oder lieber in eine Bar gehen wollen.

Wie auf Kommando beginnt mein Magen zu grummeln. Hunger hätte ich schon, also warum nicht beides? Erst etwas essen und dann in eine Bar. Aber zuerst muss ich ihr von diesem Kerl berichten.

Es gibt einen Haken, einen fiesen Nachbarn. Habe gerade Feindschaft mit ihm geschlossen.
Essen gehen und Bar wäre beides perfekt. Um acht? Bis dahin bin ich fertig.

Prompt trudelt Neles Antwort ein. Sie schickt mir ein »Daumen-hoch«-Emoticon und schreibt:

Oh nein, tut mir leid. Weißt du, wie er heißt? Bestimmt hattet ihr nur einen schlechten Start und vertragt euch bald wieder.
Super, ich hole dich gegen acht ab. Dann will ich mehr wissen. Ach – ist er heiß?

Ob er heiß ist? Typisch Nele. Und vertragen? Also echt. Das scheint mir mit diesem Typen völlig ausgeschlossen. Überhaupt, wie kommt sie darauf?

Nein, nicht heiß, sondern definitiv der Albtraummann schlechthin! Ich glaube, mit so einem Kerl will man sich gar nicht versöhnen. Aber ich freue mich auf heute Abend.

Ich schicke die Nachricht ab und bekomme ein Lachsmiley zurück. Dann stecke ich mein Handy wieder weg, genieße noch für einen Moment das Meeresrauschen und freue mich darüber, dass ich es nun für eine Woche um mich haben werde. Ich werde lesen - ein paar Romane habe ich mir ja eingepackt. Und dieser bärtige Kerl wird sich schon beruhigen. Ich stehe auf und blicke mich noch einmal um, aber von ihm ist weit und breit nichts mehr zu sehen. Gut so.

Sollte ich vielleicht doch mein Auto wegfahren? Oder mich lieber weiter stur stellen?

Als ich zurück zum Haus gehe, entdecke ich den Kerl dann doch. Sein Auto steht auf der Straße, direkt vor meinem. Er lädt gerade ein paar Kartons aus und trägt sie in sein Haus. Das mit dem Wegfahren kann ich jetzt sowieso vergessen, schließlich hat er mir den Weg zugeparkt. Zudem habe ich auf einen erneuten Streit wirklich keine Lust.

Einen Moment überlege ich noch. Soll ich das Ganze nicht doch aus der Welt schaffen? Besser wäre es, dann hätte ich wenigstens meine Ruhe. Also straffe ich die Schultern und gehe mit festen Schritten auf ihn zu. »Soll ich mein Auto jetzt wegfahren?«, frage ich. »Dann müssten Sie mir allerdings Platz machen.« Ich versuche, freundlich zu klingen, was mir vielleicht zu achtzig Prozent gelingt.

Kurz streift er mich mit seinem Blick, doch statt mir zu antworten, geht er wortlos an mir vorbei. Also echt jetzt. Ich dachte, die Menschen am Meer sind so nett und freundlich. Und die Nachbarn so hilfsbereit.

»Ähm, hallo?«, rufe ich ihm nach. »Wir müssen doch nicht streiten, oder? Sie wollen Ihre Ruhe, ich will meine. Also soll ich schnell …«

Aber von ihm kommt keine Reaktion. Schon betritt er sein Haus, ohne jedoch die Tür hinter sich zu schließen.

»Meinetwegen, dann eben nicht!« Ich bin jetzt wirklich genervt. So ein bescheuerter, ungemütlicher Idiot. Doch ich will ja nicht so sein, also probiere ich es trotzdem noch einmal. »Na schön, dann packe ich jetzt erst mal aus«, rufe ich noch eine Spur lauter. »Das Auto kann ich danach immer noch wegfahren. Schönen Abend noch.«

Natürlich tut sich wieder nichts. Gut, ich habe es versucht. Mehr kann ich gerade auch nicht machen.

Als ich zurück in meinem Häuschen bin, widme ich mich meinem Koffer. Ich hänge meine Kleider in den geräumigen Schrank im Schlafzimmer und stelle die Schuhe auf die Matte im Flur. Als ich die Kiste, die Richard mir hinterlassen hat, zusammen mit meinen Büchern auf einer der Kommoden abstelle, muss ich lächeln. Ja, ich bin am Meer. Kaum zu glauben, oder?

Dann gehe ich ins Bad, um mich zu duschen und für das Treffen mit Nele fertig zu machen. Auch dieser Raum ist sehr geschmackvoll und großzügig eingerichtet. Eine große Dusche mit Glaswand, dazu noch eine Badewanne, zwei Waschbecken und helle Fliesen mit einem blauen Dekor, das an Wellen erinnert. Es wirkt, als wäre es erst kürzlich renoviert worden. Überhaupt sieht im Inneren des Hauses alles aus wie neu. Vielleicht war für die Fassade außen noch keine Zeit, warum auch immer.

Ich muss sagen, ich freue mich einfach nur, hier zu sein. Zumindest so lange, bis ich unter der Dusche stehe, denn es kommt nur kaltes Wasser aus der Leitung.

Okay, muss ich vielleicht vorher irgendwas einstellen? Ich sehe mich um, drehe an sämtlichen Schaltern und Reglern, aber nein, es bleibt kalt. Eisig kalt. Ach Mist, was nun?

Ich wickle mir ein Handtuch um den Körper und tapse ins Wohnzimmer. Was stand noch mal in dem Brief meiner Vermieterin? Am Telefon ist eine Nummer vermerkt? Tatsächlich, das muss sie sein.

Ich setze mich aufs Sofa, tippe die Nummer ein und drücke auf *Anrufen*. Es tutet ein paarmal, bis sich eine Frau meldet. »Mindström, guten Tag.«

»Hallo, hier ist Kati Springer. Ich bin jetzt im Ferienhaus angekommen und …«

»Ach, wie schön. Gefällt es Ihnen? Sind Sie zufrieden? Hat alles geklappt?«

Ich schlucke. »Ja, natürlich. Es ist zwar etwas anders als erwartet, aber dennoch wunderbar. Ich habe nur leider gerade festgestellt, dass kein warmes Wasser aus der Dusche kommt. Kann das sein?«

Warum frage ich Dussel denn, ob das sein kann? Natürlich kann das sein, ich habe es ja am eigenen Leib erlebt.

»Ach, das tut mir sehr leid, da muss sicher nur etwas eingestellt werden. Wir waren noch am Renovieren, aber … Egal. Ich schicke schnell mal jemanden vorbei, er wird in zwei Minuten bei Ihnen sein, ja? Also machen Sie sich keine Sorgen.«

Ich frage mich, wie das funktionieren soll. Innerhalb von zwei Minuten setzt sich niemand ins Auto und fährt hierher, und wenn es auch nur aus dem nächstgelegenen Ort ist. Aber vielleicht hat sie das auch nur gesagt, um mich zu beruhigen.

»Danke, das ist wirklich sehr lieb von Ihnen.«

Nachdem ich aufgelegt habe, wandern meine Augen zur großen Fensterfront, hinaus aufs Meer. Hier lässt es sich wirklich aushalten. Und in ein paar Minuten werde ich auch warmes Wasser haben.

Bei dem Gedanken schrecke ich auf. Ich sollte mir unbedingt etwas anziehen. Schließlich will ich dem Handwerker nicht halb nackt die Tür öffnen, oder? Doch ehe ich weiter darüber nachdenken kann, sehe ich ihn schon wieder. Diesen unfreundlichen Kerl. Er stapft direkt vom Strand auf mein Häuschen zu. Mist, warum habe ich die Vorhänge nicht zugezogen? Ich bin echt gespannt, was er diesmal von mir will.

Okay, ich weiß nicht, wie ich das finden soll. Soll ich vielleicht die Vorhänge doch noch schnell zuziehen? Und überhaupt, darf er das eigentlich? Immerhin hat er einfach so mein Grundstück betreten.

Schon steht er vor der Scheibe und klopft dagegen. Nachdem von mir keine Reaktion kommt, klopft er noch einmal. Als ob ich diesen Idioten reinlassen würde. Nun drückt er auch noch sein Gesicht gegen die Scheibe und glotzt zu mir herein. Ehrlich gesagt macht er mir langsam Angst.

»Was wollen Sie?«, rufe ich, als ich merke, dass er mich entdeckt hat. Ich stehe auf und gehe ein paar Schritte auf das Fenster zu. »Ich wollte mein Auto wegfahren, aber Sie haben mich ja eingeparkt und dann auch noch ignoriert. Aus welchem Grund sollte ich Sie jetzt ins Haus lassen?«

Für ein paar Augenblicke herrscht Schweigen. Gerade als ich überlege, ob ich ihn jetzt einfach stehen lassen und in ein anderes Zimmer gehen soll, antwortet er doch noch. »Das Wasser in der Dusche ist nicht warm?«

Wie bitte? Woher weiß er das? Doch dann dämmert es mir langsam. Er muss der Handwerker sein.

Klar. Woher sollte er sonst wissen, dass ich ein Problem mit dem Warmwasser habe? Zudem ist er wohl der Einzige, der innerhalb von zwei Minuten hier sein kann.

»Ja, es … es kommt nur kaltes Wasser aus der Leitung. Woher wissen Sie das?«, frage ich überflüssigerweise.

Zum ersten Mal überhaupt ändert sich der Ausdruck in seinem Gesicht. Er grinst jetzt sogar beinahe. »Wissen Sie, ich bin von Beruf Hellseher.«

Ach, er ist ja so witzig.

»Himmel, von Frau Mindström natürlich«, erklärt er genervt. »Was ist jetzt, soll ich helfen?«

»Ja … danke.« Ich seufze leise, während ich das Handtuch fester um mich raffe und die Terrassentür öffne. Etwas anderes bleibt mir ja nicht übrig, wenn ich irgendwann in diesem Urlaub mal duschen möchte.

Der Kerl scheint sich im Haus gut auszukennen, denn er bewegt sich zielstrebig in Richtung Badezimmer. Als ich wenige Augenblicke nach ihm ebenfalls das Bad betrete, dreht er bereits an einem Regler unterhalb der Duscharmatur. Dann öffnet er den Wasserhahn und hält die Hand unter die Brause.

»So, jetzt ist es warm.« Er wendet den Kopf in meine Richtung, und etwas wie ein kleines Lächeln umspielt seine Lippen – vorausgesetzt, ich leide nicht unter plötzlichen Sehstörungen.

»Ähm, also danke, wirklich«, antworte ich, bemüht, mir meine leichte Verlegenheit nicht anmerken zu lassen. »Ich fahre mein Auto dann auch gleich weg.«

Er nickt. »Das wäre nett, ja.«

»Ich hätte es vorhin schon gemacht, aber da waren Sie ja so superfreundlich und haben mich einfach ignoriert.«

Ein paar Augenblicke lang sehen wir uns an.

»Sie waren doch auch unfreundlich«, antwortet er schließlich.

Ich hebe eine Augenbraue. »Was?«

»Ich wusste ja schon, dass Sie nicht lesen können, aber anscheinend haben Sie auch was an den Ohren.«

Wie bitte? Der ist doch nicht ganz dicht! »Ich kann sehr wohl lesen und …«

Er hebt die Hand. »Gut, dann hätten wir das ja geklärt. Schöne Zeit noch!«

Mehr sagt er nicht, sondern wendet sich einfach ab und verlässt das Haus über die Terrasse, ohne sich noch einmal umzusehen.

Nachdem ich die Tür hinter ihm geschlossen habe, gehe ich in die Dusche. Keine Ahnung, was mit dem Kerl los ist, aber wenigstens ist die Sache jetzt erst mal geklärt. Vorerst.

Ich sollte nicht hier sein?

Als ich fertig angezogen und gestylt bin, drehe ich mich vor dem großen Spiegel am Kleiderschrank hin und her. Ich habe mich für ein kurzes beigefarbenes Kleid entschieden, meine dunklen Haare eingedreht und freue mich darauf, Nele in die Arme schließen zu können. Ich blicke auf die Uhr. Es ist schon kurz vor acht, gleich wird sie hier sein.

Mein Blick fällt auf die Kiste, die ich von Richard bekommen habe und die auf der Kommode im Flur steht. Ich habe sie mir immer noch nicht angesehen, lediglich den Brief habe ich gelesen. Zögernd gehe ich darauf zu und überlege, sie jetzt noch kurz zu öffnen, doch da klingelt es schon. Ich schnappe mir meine Jacke vom Garderobenhaken, dann öffne ich aufgeregt die Tür.

»Ahhhh«, rufe ich und falle Nele sogleich um den Hals. Sie nach all der Zeit wiederzusehen und nicht nur mit ihr zu telefonieren, ist unfassbar schön.

»Ich habe uns einen Tisch in einem echt gemütlichen Restaurant reserviert«, erzählt sie. »Ich kenne

Rita, die Besitzerin, gut, es gibt dort immer frischen Fisch.«

Ich reibe mir die Hände. »Dann lass uns losgehen, ich kann es kaum erwarten.«

Als wir aus der Tür treten, deutet Nele auf das Haus nebenan. »Wohnt er hier, dein Albtraummann?«

»Psst, nicht dass er uns noch hört!« Ich lege ihr rasch die Hand auf den Mund. »Ja doch. Aber das erzähle ich dir nachher.«

Sie lacht nur. Das würde ich an ihrer Stelle auch machen, sie muss ja nicht neben ihm wohnen.

Glücklicherweise wechselt sie nun das Thema. »Ich habe nur knapp zehn Minuten bis zu dir gebraucht«, erzählt sie. »Das hier ist der schnellste Weg in den Ort, also merke ihn dir schon mal.«

Ein paar Minuten später haben wir bereits die Promenade erreicht. Die Luft ist noch immer warm, und ich genieße es, sie einzuatmen und das Meer beinahe zu schmecken.

Vor einem hübschen weiß gestrichenen Gebäude bleiben wir stehen. Über dem Eingang hängt ein blaues Schild mit der Aufschrift *Fischstube* und – wie könnte es anders sein – einem Fisch als Logo. Wir setzen uns draußen auf der Terrasse an einen Zweiertisch mit Blick auf das Meer. Kaum habe ich mich ein wenig umgesehen, kommt bereits die Wirtin an unseren Tisch. Sie hat kurze blonde Haare und intensiv grüne Augen. Das muss Rita sein, von der Nele gesprochen hat. Sie lächelt uns freundlich zu.

»Das ist also deine Freundin Kati?«, will sie von Nele wissen.

»Jap, sie ist endlich hergekommen, um Urlaub zu machen.«

»Freut mich sehr, Kati. Ich bin Rita. Und du wohnst hier in einem Ferienhaus?«

»Ja, unten am Strand.«

»Im Traumhaus«, fügt Nele hinzu. Mittlerweile weiß ich ja, dass dort angeblich Träume wahr werden sollen.

Rita hebt eine Augenbraue. »Oh, ehrlich? Ich wusste nicht, dass es wieder vermietet wird. Svantje hat neulich gar nichts gesagt, als wir uns getroffen haben. Aber das ist jetzt nicht so wichtig. Was darf ich euch bringen?«

Wir bestellen uns eine Flasche Weißwein, Muscheln für mich und Seebarsch für Nele.

»Es ist wirklich traumhaft hier«, sage ich, nachdem Rita den Wein gebracht hat und wir angestoßen haben.

»Ja, absolut«, pflichtet Nele mir bei. »Und dich jetzt hier zu haben, ist noch das i-Tüpfelchen für mich. Ich meine, endlich sehen wir uns wieder und können Zeit miteinander verbringen. Das war echt schon lange überfällig. Und ich habe mir auch ein bisschen Sorgen um dich gemacht, war ja schon einiges los bei dir. Ich bin beinahe froh, dass …« Sie stockt, und ich kann mir schon denken, worauf sie hinauswill.

»Dass ich im Supermarkt an der Fleischtheke ein bisschen neben mir gestanden habe?«

Sie winkt lächelnd ab. »Nein, nein, so meinte ich das nicht. Sondern dass du einfach mal wieder was für dich tust. Ich weiß, die letzten Wochen waren nicht leicht, deswegen hast du diese Auszeit unbedingt nötig. Und jetzt wurdest du sogar ein wenig dazu gezwungen, auch wenn mir das mit deinem Chef natürlich unsagbar leidtut.« Traurigkeit legt sich in ihren Blick. »Ich mochte ihn auch gern. Er hat mich ja immer wieder mal angerufen, weil er unbedingt noch mal hierherkommen wollte, aber leider … Irgendwie trifft es immer die Guten. Einfach Mist.«

»Er wollte bis zuletzt arbeiten«, entgegne ich. »›Da muss ich schon tot umfallen‹, hat er immer gesagt.« Wieder muss ich schlucken. »Er war echt der einzige Mann, den ich kenne, der Liebesromane mochte. Die Arbeit hat so viel Spaß mit ihm gemacht. Gerade will ich gar nicht daran denken, dass ich bald wieder in die Praxis zurückkehren muss, auch wenn der Neue ganz nett ist. Trotzdem.«

Nele nickt nachdenklich. »Ich weiß schon, das fühlt sich einfach merkwürdig an.«

»Ja, sehr. Und weißt du, was ich noch denke? Richards Brief, der in der Kiste lag, diese Aufforderung. Ich wollte ja sowieso irgendwann mal zu dir, doch der Brief hat mir noch den letzten Schubs gegeben, dich nicht nur kurz an deinem Geburtstag zu besuchen, sondern ein paar Tage länger zu bleiben. Das Leben ist echt zu kurz, um nicht ans Meer zu fahren.«

»Du kannst jetzt einfach mal abschalten, das Meer genießen. Die Seele baumeln lassen, lesen, vielleicht ein paar Abenteuer erleben … Aber das habe ich dir ja bereits gesagt.«

»Abenteuer? In Büchern gibt es die schon, doch im wirklichen Leben? Weißt du was? Ich lasse jetzt einfach mal alles auf mich zukommen. Abenteuerlich war es bei mir in letzter Zeit genug.«

Sie legt den Kopf schief. »Aber auch das echte Leben kann wie ein gutes Buch sein, oder? Ich hätte da ein paar Kapitel in unserem Freundschaftsbuch, die ich auf keinen Fall missen möchte. Wir haben doch zusammen die verrücktesten Dinge angestellt. Die Nächte durchgemacht, gefeiert … Kannst du dich noch an unseren Fallschirmsprung erinnern?«

»Klar, der war schon sehr cool. Wie alt waren wir damals? Achtzehn, oder? Die Zeit vergeht echt so schnell. Ob wir es wollen oder nicht, wir werden langsam …«

Nele hebt die Hand und unterbricht mich. »Untersteh dich, dieses Wort in den Mund zu nehmen! Sonst muss ich dich gleich erwürgen.«

Beim Anblick ihrer entsetzten Miene muss ich unweigerlich lachen. »Ich mache doch nur Spaß. Wir sind ja nicht alt, nur reifer oder so. Wobei, wenn ich so reif wäre, dann hätte ich mich gar nicht auf diesen Christopher eingelassen. Keine Ahnung, von was ich mich da habe blenden lassen.«

Nele grinst. »Dafür weiß ich es. Von seinem Sixpack und dem scharfen Körper. Doch das passiert uns allen mal. Es gibt sicher Traummänner, was das Äußere anbelangt. Aber die wirklichen Traummänner sind doch diejenigen, die ein gutes Herz haben und es damit schaffen, das Herz einer Frau zu gewinnen.«

»Das wäre schon mal schön.« Ich seufze tief. »Mich wirklich zu verlieben, dieses Herzklopfen zu spüren, dieses Mehrgefühl im Herzen. Weißt du, was ich meine? Wenn es einen Ticken schneller schlägt. Aber diesen Zuckerguss, wie mein Chef ihn immer bezeichnet hat, gibt es einfach nicht im echten Leben, zumindest nicht für mich.«

»Ach Quatsch«, Nele lacht, »und ob es den gibt. Schau uns an, Fiete und mich.«

Ja, Nele und Fiete. Ihre Geschichte ist wirklich süß. Ich bin froh, dass die beiden sich gefunden haben.

»Es kam ganz unerwartet«, sagt Nele jetzt. »Du weißt ja, ich war damals nicht so gut drauf. Und dann war da dieser Schubs vom Leben.«

Ich schlucke, sie hat schon recht. Ein Schubs. War die Verkäuferin an der Fleischtheke mein zusätzlicher Schubs? Sechzig Gramm Hackfleisch mehr, und schon bin ich hier? Wobei ja Richards Worte auch einen großen Teil dazu beigetragen haben. Und all die Umstände sowieso.

Nele hebt ihr Glas. »Wie auch immer. Auf ein paar schöne Tage, auf Liebe, Meer und Glück. Und vielleicht auf den Anfang einer guten Geschichte mit einem Traummann, der dich mal wieder so richtig …«

Sie streckt mir ihr Glas entgegen. Ich will es ihr gleichtun, stoppe jedoch mitten in der Bewegung. »So richtig was?«

»So richtig gernhat!« Unsere Gläser klirren aneinander. »Was du immer gleich denkst …« Kichernd schüttelt sie den Kopf, ehe sie einen Schluck von ihrem Wein trinkt.

Nachdem ich ebenfalls gekostet habe, lasse ich meinen Blick über das Meer schweifen, über den Sand und die Sonne, die bereits tief steht. »Ja, ja. Aber ganz ehrlich, die richtig guten Kerle sind doch alle schon besetzt, und der Rest ist …« Ich winke ab.

»Beschissen?«

»Du sagst es. Oder zumindest nicht so toll wie in den Büchern. So wie mein Nachbar, dieser ungehobelte Holzklotz. Der ist echt nicht ganz richtig im Kopf. Geht sofort auf Konfrontation und …« Ich will ihr endlich von meiner unerfreulichen Begegnung erzählen, doch Rita tritt mit dem Essen an unseren Tisch.

»So, lasst es euch schmecken.« Sie stellt die Teller ab, und ich bin gleich begeistert. Alles ist so liebevoll angerichtet.

Unser Gespräch ist erst mal vergessen. Und mein ach so netter Nachbar sowieso. Das Essen sieht nicht nur appetitlich aus, es duftet auch unglaublich lecker. Irgendwie nach einem Gemisch aus Meeresbrise, frischem Fisch und Wein – einem zarten Geruch, der sofort mein Herz höherschlagen lässt und dafür sorgt, dass ich auf einmal so entspannt bin wie seit Langem nicht mehr. Und der Geschmack erst …

Auch Nele scheint genau wie ich jeden Bissen zu genießen, denn sie seufzt mehrmals leise und schließt genüsslich die Augen.

Als wir fertig sind, lehnen wir uns satt und zufrieden zurück.

»Ist das ein Leben«, murmelt sie. »Ich will alles über diesen Nachbarn hören, aber bevor wir gleich über Männer lästern, muss ich dir noch was sagen.« Plötzlich beginnen ihre Augen zu glänzen.

»Was ist los? Raus mit der Sprache«, fordere ich sie auf, weil ich sie zu gut kenne.

Kurz habe ich Angst, dass es etwas Schlimmes sein könnte, aber dann beugt sie sich lächelnd nach vorn und streicht sich eine Haarsträhne aus dem Gesicht. »Okay, also ... Es gibt doch noch tolle Männer. So wie Fiete zum Beispiel. Er und ich ... wir haben beschlossen zu heiraten.«

Bei den letzten Worten kreischt sie beinahe und wedelt mit der Hand vor meinem Gesicht herum. Ich versuche, sie festzuhalten, damit ich überhaupt erkennen kann, was sie mir zeigen will: einen schmalen Ring aus Weißgold, auf dem ein kleiner Stein funkelt. Augenblicklich klopft mein Herz vor Freude.

»Nein! Echt jetzt? Er hat dich gefragt?«

»Ja! Ach, es war so romantisch«, schwärmt Nele, und die Aufregung greift mich nun noch mehr. »Er hatte den Ring versteckt, ich habe gar nicht damit gerechnet und ... Jedenfalls habe ich Ja gesagt.«

Ich zwinkere ihr zu. »Das habe ich mir fast gedacht. Ach, ich freue mich unheimlich für dich. Dann bist du mit dreißig doch schon verlobt. Kannst du dich noch erinnern? Du wolltest nie heiraten. Und jetzt wirst du es doch tun.«

»Stimmt. Wir haben uns sowieso allerhand ausgemalt, was wir mit dreißig erlebt haben wollten. Weißt du noch?« Sie lacht ausgelassen.

»Ja, ich erinnere mich. Ich glaube, ich wollte sogar am Meer leben, in einem bunt angestrichenen Haus oder so. Aber na ja, wir waren Teenager.« Erneut greife ich nach meinem Weinglas. »Also auf euch und eure Hochzeit. Habt ihr schon einen Termin?«

»Nichts Konkretes, irgendwann im Spätsommer. Wir wollen es ganz gemütlich machen, nur die engsten Verwandten und Freunde, eine Art Picknick am Strand. Keine jahrelange Planung, darauf habe ich keine Lust. Ich möchte einfach liebe Menschen um mich haben.«

»So finde ich es auch am schönsten«, pflichte ich ihr bei. »Hoffentlich geht es mir irgendwann auch mal so.«

»Natürlich. Ich habe das vorhin ernst gemeint. Wer weiß, was bei dir in den nächsten Tagen passiert.«

Ich atme tief durch und drehe das Glas zwischen meinen Fingern. »Wenn die Kerle hier alle so charmant sind wie mein Nachbar, dieser absolute Traumtyp, dann sehe ich aber so was von schwarz.«

»Stimmt, der Nachbar, bei dem waren wir vorhin ja stehen geblieben. Also erzähl mal, was ist passiert? Was hat er getan? Ich will alles genau wissen.«

»Du weißt ja, dass ich ein anderes Haus bekommen habe. Ich habe versucht, das Ganze entspannt zu sehen, und es ist auch innen echt ein Traum, alles neu renoviert. Weil ich dann so erleichtert war, bin ich erst mal an den Strand, um durchzuatmen. Auf einmal kam er auf mich zugestapft und maulte mich an, dass ich auf seinem Parkplatz stehe, genauer gesagt in seiner Einfahrt. Ob ich nicht lesen könne, hat er gefragt. Ich wusste noch nicht mal, wer er ist, da hat er schon alles Mögliche auf mich abgefeuert.«

Nele zieht eine Augenbraue nach oben. »Nun, das klingt nach einem echt netten und äußerst charmanten Nachbarn. Aber wenn ich daran denke, wie Fiete und ich uns kennengelernt haben, das war auch keine Liebe auf den ersten Blick. Und mal ehrlich, wenn das ein Buch wäre, dann wäre vermutlich dein Nachbar trotz allem die männliche Hauptfigur.« Sie lacht.

»Du spinnst. Von wegen.« Ich wackele gespielt ernst mit dem Zeigefinger. »Und wegen Fiete und dir: Du hast mir damals sofort von ihm vorgeschwärmt. Dass du ihm fast vors Auto gelaufen bist und wie toll er ist.«

Ihre Wangen werden leicht rot. »Okay, du hast recht. Jede Geschichte beginnt anders. Aber erzähl weiter.«

»Jedenfalls war er megagenervt – und ich auch.« Ich berichte Nele alles, auch dass er am Ende meine Dusche repariert hat.

»Puh, das klingt wirklich nicht besonders nett«, meint sie, als ich geendet habe. »Vielleicht hatte er aber einfach nur einen schlechten Tag oder so, und ihr versteht euch doch noch. Und dann …« Sie beginnt zu grinsen. »Wer weiß, dann wird es sogar noch romantisch zwischen euch.«

Ich muss ebenfalls lachen. »Das ist kein kitschiger Roman, ja? Das ist mein Leben. Nein, bevor ich was mit dem anfange, werde ich eher noch Tiefseetaucherin oder küsse Fische.«

Nachdem wir gegessen haben, zahlen wir bei Rita, loben sie für das Essen und versprechen ihr, in den nächsten Tagen wiederzukommen. Es ist hier zwar echt gemütlich, doch Nele will mir jetzt unbedingt noch die Bar zeigen, die sie so mag. Und ich habe nichts dagegen. Mittlerweile bin ich leicht beschwipst, jedoch auf eine angenehme Art und Weise.

»Also, was ist das für eine tolle Bar?«, frage ich, als wir uns vom Restaurant aus auf den Weg machen.

»Das *Seehäuschen*? Ich weiß, das klingt erst mal nicht weltbewegend, aber es ist wirklich gut dort. Nette Leute, gute Musik, manchmal auch Bands, die live spielen.«

»Wieso nicht weltbewegend?«, entgegne ich. »Ich finde, der Name klingt super. Irgendwie mal was ganz anderes. Und er passt echt hierher. In welche Richtung müssen wir?«

Sie deutet nach rechts die Straße entlang. »Nur etwa hundert Meter immer geradeaus, dann sind wir schon da.«

Es ist wirklich nicht weit bis zum *Seehäuschen,* einem Gebäude, wie es hier für die Gegend typisch ist. Von außen würde man kaum erwarten, dass sich im Inneren eine Bar verbirgt. Vor dem Eingang tummeln sich einige Leute an Stehtischen, trinken und plaudern miteinander. Aber weil es inzwischen doch schon etwas frischer geworden ist, beschließen wir, reinzugehen.

Der Innenraum ist ebenfalls gut besucht. Es gibt einige kleine und auch etwas größere Tische sowie eine Fläche zum Tanzen. Die Luft ist warm, jedoch nicht zu stickig, gerade angenehm.

Wir beschließen, uns erst einmal an die Bar zu stellen.

»Okay, was wollen wir trinken?«, fragt Nele und nimmt die Karte in die Hand. »Cocktails? Oder bleiben wir lieber beim Wein?«

»Hm, gute Frage.« Ich linse ebenfalls auf die Karte. »Kannst du einen Cocktail empfehlen? Du kennst dich hier ja sicher aus.«

»Einen *Afterbeach* vielleicht? Der ist fruchtig und nicht zu süß.«

Als ich nicke, hebt Nele die Hand, und der Kerl hinter dem Tresen kommt zu uns her. »Was kann ich euch zwei Hübschen bringen? Ah, Nele, hey!«

Nele lächelt. »Hey, Simon. Zwei *Afterbeach* bitte.«

»Kommt sofort. Ist das deine Freundin? Neu hier?«

»Die Freundin heißt Kati«, stelle ich mich selbst vor.

»Freut mich, Kati. Ich bin Simon. Machst du Urlaub hier?«

»Ja«, antwortet Nele an meiner Stelle und legt den Arm um mich. »Wir kennen uns schon ewig, und jetzt ist sie endlich hergekommen. Ich muss ihr unbedingt unseren Ort schmackhaft machen, damit sie nie mehr von hier weggeht.«

»Ach, das ist der Plan?«, rufe ich gespielt entrüstet. »Ich verstehe.«

»Und ich helfe dir dabei, Nele«, scherzt jetzt auch Simon. »Dann mixe ich euch mal den besten Cocktail. Wer den trinkt, kann nicht genug bekommen. Das wäre dann schon mal ein Anfang.«

Mit einem Augenzwinkern wendet er sich ab, und ich sehe ihm zu, wie er einige Flaschen öffnet und etwas davon in den Mixer gießt. Es dauert nicht lange, bis er das leuchtend orangefarbene Getränk, in dem ein Strohhalm und ein kleines Schirmchen stecken, vor uns abstellt. »Genießt eure Drinks. Wenn ihr etwas braucht, ruft einfach.«

Nachdem Simon zu den nächsten Gästen weitergegangen ist, blicke ich Nele verschwörerisch an.

»Der ist aber auch nicht verkehrt. Sieht echt sehr gut aus«, raune ich ihr zu.

Sie kichert. »Oha, da ist sie schon: Kati auf Tour. Doch ich würde dir abraten, Simon ist wirklich ein Aufreißer. So wie Christopher, wenn du verstehst, was ich meine. Wenn du nur eine Nacht willst, dann ist es sicher okay. Aber du möchtest ja mehr, oder?«

»So ist es. Also streiche ich Simon schon mal.«

»Tu das. Glaub mir, es ist besser so. Also dann, auf uns.« Nele hebt ihr Glas, und wir stoßen an.

Der Cocktail schmeckt wirklich lecker, nicht zu süß und unglaublich fruchtig. Ein Traum. Simon hat sich selbst übertroffen.

Die Musik ist gut, und schon bald begeben wir uns auf die Tanzfläche. Es ist wirklich ein gutes Gefühl, wie ich es lange nicht mehr hatte. So unbeschwert. Ja, hier werde ich einfach nur ich sein und mich von überhaupt nichts mehr stressen lassen, auch nicht von meinem bärtigen Nachbarn.

Irgendwann kommt eine junge Frau auf uns zu, eine Kundin von Nele aus dem Laden, die sich mir als Helen vorstellt und Nele etwas wegen einer Geschenkidee fragen möchte.

Während die beiden in ihr Gespräch vertieft sind, beschließe ich, kurz auf ein gewisses Örtchen zu verschwinden. Ich merke nun doch, dass ich heute Abend schon einiges getrunken habe. Und mein

Cocktailglas ist auch bereits leer. Ich stelle es auf der Theke ab.

»Noch einen?«, will Simon wissen, doch ich winke ab.

»Vielleicht später.« Ich tippe Nele auf die Schulter. »Ich bin gleich wieder da. Wo sind denn hier die Toiletten?«

Sie deutet nach rechts auf ein entsprechendes Schild mit einem Pfeil darauf. Ich folge ihm und betrete einen kleinen Gang, an dessen Ende sich zwei völlig gleich aussehende Türen befinden. Plötzlich bin ich leicht überfordert, denn mit den Symbolen, die dort angebracht sind, kann ich nichts anfangen. Welche der beiden Türen ist denn nun die für die Mädels? Schließlich entscheide ich mich einfach für die linke Tür und verschwinde schnell in einer der Kabinen. Als ich fertig bin und mir im Vorraum die Hände waschen will, schrecke ich auf. Denn vor mir steht mein Nachbar. Auch das noch.

»Du kannst echt nicht lesen, oder?«, fragt er mit einem leicht spöttischen Zug um den Mund. Er trägt ein Shirt, kurze Hosen und Sneakers. Seine hellen Haare wirken ein wenig ordentlicher als heute Nachmittag, er scheint sie zumindest mal gekämmt zu haben.

Und beim Du sind wir auch schon angekommen, doch ich sage lieber nichts. Ich will mich ja nicht dauernd mit ihm zoffen.

»Klar, was denkst du denn?«, entgegne ich. »Aber da war nur ein blauer Fisch und ein orangefarbener, mehr nicht.«

»Schon mal was von Dori und Nemo gehört? *Findet Nemo*? Der Film?«

Klar, jetzt fällt bei mir der Groschen. Nicht, dass ich den Film gesehen habe, aber die Fische sind mir zumindest bekannt. Ich muss lachen. »Die Leute hier haben echt einen außergewöhnlichen Humor. Wie kann man denn erwarten, dass jeder diesen Film gesehen hat?« Doch ich will keinen Ärger, also lächle ich ihn an. Und tatsächlich. Ein leichtes Grinsen huscht auch über sein Gesicht – oder bilde ich es mir nur ein?

»Guter Einwand. Kann ich dann mal vorbei?« Sein Blick wirkt genervt, also habe ich mich in Bezug auf das Grinsen wohl geirrt. Und das ist auch kein Wunder, unter diesem Bart lässt sich kaum eine Gesichtsregung erkennen. Keine Ahnung, was für ein Problem er mit mir hat und warum er dauernd so unfreundlich sein muss.

»Sorry, bin ja schon weg«, antworte ich und will zur Seite treten, doch dann überlege ich es mir anders, weil mir noch etwas auf den Lippen brennt. »Ich weiß schon, was für ein Kerl du bist. Immer mürrisch und gemein. Keine Ahnung, warum. Vielleicht ist es ja auch zum Schutz oder so? Aber egal, was es ist, wäre ein friedlicher Umgang zwischen uns nicht besser? Ich will ja nichts von dir, eher werde ich noch Tiefseetaucherin oder küsse Fische …«

Mit zusammengekniffenen Augen mustert er mich.

»Das sollte lustig sein«, füge ich als Erklärung hinzu.

»Ist ja gut zu wissen. Ich will auch nichts von dir, ich weiß nämlich auch, was du für eine bist. Eine, die mich nicht interessiert und die auch gar nicht hier sein sollte!« Er sagt es so kalt, wie sich der Blick aus seinen blauen Augen anfühlt. Wie ein Sturm, der in ihm tobt und mich verschlucken soll.

Heftig. Seine Worte versetzen mir einen Stich. So ein Idiot. Ganz ehrlich, was habe ich ihm getan? Er weiß doch gar nichts über mich. Und erst recht nicht, was mich in letzter Zeit alles belastet hat. Ohne mich zu kennen, hasst er mich und will nicht, dass ich hier bin.

»Du bist echt ein gemeiner Kerl«, presse ich hervor und versuche, mir nicht anmerken zu lassen, wie sehr er mich getroffen hat. »Ein Kerl mit einem ungepflegten Bart. Auch wenn es dir nicht passt, dass ich dieses Haus gemietet habe, wirst du es ja wohl eine Woche überleben.« Ein letzter giftiger Blick in seine Richtung, dann wende ich mich ab und rausche aus dem Waschraum.

Mein Puls geht noch immer viel zu schnell, als ich mich draußen nach Nele umsehe. Sie sitzt mit Helen und einem Kerl an der Bar. Als sie mich entdeckt, lächelt sie. »Fertig?«

Ich setze mich zu ihnen, und Helen stellt mir den Kerl als ihren Freund Mathis vor.

»Jetzt bin ich tatsächlich schon wieder mit meinem Nachbarn, diesem Idioten, aneinandergeraten. Dabei habe ich wirklich versucht, nett zu sein, aber …«, erzähle ich Nele, nachdem ich bei Simon noch einen Cocktail bestellt habe. Mein Herz rast, und als ich jetzt darüber rede, spüre ich sogar ein paar Tränen. Doch das kann er vergessen. »Echt jetzt, der benimmt sich so was von daneben, nur weil ich aus Versehen im Männerklo gelandet bin. Mal im Ernst, was sagt ihr dazu? An der einen Klotür hängt ein blauer, an der anderen ein orangefarbener Fisch – welche Tür ist die für die Frauen?«

»Das fragst du ernsthaft?« Mathis sieht mich mit großen Augen an, die beiden Mädels kichern. »Orange ist Nemo und Blau ist Dori, ist doch logisch.«

Ja, logisch. Für mich war das absolut nicht logisch. Entweder ich lebe völlig hinter dem Mond, oder ich hatte in meinem Leben bislang zu wenig mit Kindern zu tun. Oder mit Filmen über Fische oder mit Fischen an sich. Jedenfalls ist es doch kein Verbrechen, diesen verdammten Film nicht zu kennen.

»Meinetwegen ist es blöd, wenn ich aus Versehen ins falsche Klo gehe. Aber mal ehrlich, dieser Kerl, was hat er für ein Problem? Zumal er dann noch sagte, ich sollte nicht hier sein. Das klang wirklich böse.« Ich nehme einen Schluck von meinem Cocktail, den Simon mir inzwischen gebracht hat. Sofort wärmt er meinen Magen, in dem die Worte dieses Typen immer noch schwer liegen.

»Okay, das finde ich auch echt hart«, meint Helen. »Aber von wem sprichst du überhaupt?«

Ich schaue mich um, irgendwo muss dieser unfreundliche Kerl doch stecken. Tatsächlich entdecke ich ihn. Er steht gar nicht so weit von uns entfernt zusammen mit ein paar anderen Kerlen an einem Flipperautomaten. Irgendwie cool, dass sie so ein Ding hier haben. »Da drüben bei der Gruppe. Der zu Große, zu Breite, zu Bärtige …« Ich deute in seine Richtung, und die anderen folgen mir mit ihren Blicken.

»Ach der? Das ist doch nur Keno«, antwortet Mathis.

Helen und Nele nicken zustimmend, und ich sehe die drei entgeistert an. »Ihr kennt diesen fürchterlichen Kerl?«

»Klar«, sagt Helen, »er wird hier im Ort immer dann gerufen, wenn irgendwo ein Handwerker gebraucht wird. Er ist zwar nicht der Gesprächigste, aber so schlimm, wie du glaubst, ist er nicht. Im Gegenteil, er ist eigentlich ziemlich nett. Genauer gesagt, er war es mal.«

»Wirklich, mach dir keine Gedanken«, pflichtet Mathis ihr bei. »Keno ist einfach, wie er ist. Er hat so seine Macken, doch eigentlich ist er gar nicht so übel. Mich wundert eher, dass er hier ist, er geht eigentlich nicht so oft aus. Aber wir sollten dann auch mal wieder weiter. Vielleicht sehen wir uns die Tage ja noch.«

Nachdem die beiden sich verabschiedet haben, seufze ich tief und lange. »Seine Macken, das ist gut. Dieser Keno ist eine einzige Macke. Und was er zu mir gesagt hat, war echt fies.«

»Das finde ich auch«, meint Nele und blickt noch einmal zu ihm hinüber. »Ich weiß nicht wirklich etwas, sondern habe nur ein paar Sachen aufgeschnappt. Er soll es in letzter Zeit auch nicht leicht gehabt haben. Man hört immer wieder was von einer fiesen Trennung, es muss von ihrer Seite ziemlich unschön abgelaufen sein. Seitdem hat er sich eher zurückgezogen. Aber dass er bei dir gleich nebenan wohnt, wusste ich nicht.«

Na ja, wenn er sich dieser Frau gegenüber genauso mürrisch und barsch verhalten hat wie bei mir, wundert mich eigentlich nichts. Doch das ist seine Sache, also verkneife ich mir einen entsprechenden Kommentar. Stattdessen mustere ich ihn von der Seite und fühle plötzlich ein leichtes Kribbeln im Bauch, das ich absolut nicht haben will. Wie bescheuert. Bestimmt ist es nur Mitleid. Klar, wenn man etwas Blödes erlebt, dann prägt das einen schon. Die Verkäuferin an der Fleischtheke fand mich sicherlich auch nicht gerade sympathisch. Aber dennoch …

»Alles okay?« Nele sieht mich grinsend an.

»Was? Ja!« Tatsächlich hat sie mich aus meinen Gedanken gerissen, doch das sage ich ihr natürlich nicht. »Jetzt schau nicht so«, murre ich stattdessen. »Ich habe mir nur gedacht, dass er vielleicht wirklich einen schlechten Tag hatte, das kenne ich von mir selbst ja auch.«

»Ja, ja, da kommt die Arzthelferin zum Vorschein. Und nur mal so … Ich habe gehört, dass Handwerker gut mit ihren Händen umgehen können.«

»Ach ja? Woher weißt du das? Ich dachte, Fiete arbeitet am Hafen?«

Sie stupst mich leicht in die Seite, und ich blicke noch einmal zu dem grummeligen Kerl – Keno, wie ich inzwischen weiß. Geholfen hat er mir jedenfalls schon mal. Womöglich ist er heute ja doch nur besonders genervt.

»Erwischt«, kommt es prompt von Nele.

»Man wird ja wohl noch schauen dürfen, oder?«

»Natürlich darf man das«, antwortet sie nur noch, dann ist das Thema erst mal beendet. Zum Glück.

Wir trinken noch einen Cocktail, tanzen und beschließen nach einer Weile, uns auf den Weg nach

Hause zu machen. Der Tag war lang, und ich möchte mir morgen ausgiebig die Gegend ansehen. Oder vielleicht gehe ich doch lieber an den Strand, mal sehen. Irgendwie ist es schön, mal wieder die Wahl zu haben.

Als wir draußen vor dem *Strandhäuschen* stehen, blicke ich in den Himmel, von dem die Sterne hell auf uns herableuchten. Ob Richard jetzt auch da oben bei den Sternen ist? Ich wünsche es ihm.

»Ich habe Fiete geschrieben, er müsste gleich hier sein, dann begleiten wir dich heim«, sagt Nele, doch ich schüttele den Kopf.

»Ach was, das hättest du echt nicht tun müssen. Ich bin schon groß genug, um allein die Promenade entlangzugehen. So weit ist es doch gar nicht.«

»Klar, aber trotzdem …«

In diesem Moment ertönt eine Fahrradklingel, und Fiete stoppt direkt vor uns. »Hey, Kati.« Er küsst erst Nele, dann umarmt er mich. »Hattet ihr einen lustigen Abend?«

»Es war sehr schön und auch lustig«, antworte ich. »Und Glückwunsch zur Verlobung, ich freue mich total für euch.«

Mit einem Lächeln streicht er Nele über die Haare. »Ich bin auch wahnsinnig glücklich, dass diese tolle Frau Ja gesagt hat.«

Schließlich gehen wir los, und es dauert nicht lange, bis wir mein Häuschen erreichen. Als ich die beiden zum Abschied gedrückt habe, steigt Nele hinter Fiete aufs Rad.

»Aber gut festhalten«, sage ich und zwinkere ihr zu.

Fiete dreht sich zu ihr um und blickt ihr tief in die Augen. »Das würde ich dir auch raten, nicht nur jetzt, sondern auch im Leben.«

Als Antwort drückt sie ihm ein Küsschen auf die Lippen, und ich muss innerlich seufzen. Nele scheint wirklich ihr Glück gefunden zu haben.

Nachdem die beiden losgefahren sind, bleibe ich noch stehen und schaue erneut in den Himmel. Ganz in der Nähe rauscht das Meer, es scheint einen beinahe zu rufen. Eine ganze Weile lasse ich die Eindrücke auf mich wirken, bis ich plötzlich im Augenwinkel einen Schatten wahrnehme und aufschrecke. Hektisch drehe ich mich um und sehe nach, zu wem der Schatten gehört.

Natürlich, wie könnte es anders sein? Mein freundlicher Nachbar. Der hat mir gerade noch gefehlt. Wobei ich schon versuche, gelassen zu sein. Wer weiß, am Ende ist er doch nett und …

»Schlüssel vergessen, oder was?«, ruft er mir schon von Weitem unfreundlich entgegen.

Wie bitte? Okay, ich wollte nett sein, doch jetzt habe ich dazu keine Lust mehr, zumal ich auch an das denken muss, was er vorhin in der Bar zu mir gesagt hat. Ich verziehe das Gesicht. »Nein. Und selbst wenn, würde ich dich nicht mehr um Hilfe bitten.«

»Gut, das merke ich mir, wenn deine Dusche mal wieder nicht funktioniert oder sonst was kaputt ist.«

Wie kann man nur so sein? Mit einem Mal bin ich wirklich wütend. Ich habe diesem Kerl nichts getan, außer hier zu sein. Aber das ist ja wohl genau sein Problem, warum auch immer.

Ich beschließe, dass es jetzt an der Zeit ist, es herauszufinden. Energisch gehe ich auf ihn zu und bedenke ihn mit einem bösen Blick. »Weißt du was? Egal, was ich im Haus für Probleme habe, du wirst mir helfen, weil du von meinen Vermietern dazu beauftragt bist. Als Hausmeister oder was auch immer.«

Ohne dass ich es will, dringt mir ein Hauch seines Aftershaves in die Nase. Er riecht gut. Mist. Kurz bin ich irritiert über dieses erneute Kribbeln. Ich muss an das denken, was Nele gesagt hat: In einem Buch wäre er die männliche Hauptfigur. Nein, sicher nicht. Denn wahrscheinlich ist die Wärme in meinem Bauch nur meiner Wut geschuldet.

»Wenn du meinst …« Er grinst mich an, aber ich finde es überhaupt nicht lustig. So ganz und gar nicht.

»Ich meine das nicht nur, es ist so.«

Nebenbei beginne ich, in meiner Tasche zu kramen. Mist, der Schlüssel. Kann es sein, dass ich ihn nicht eingesteckt habe, als Nele und ich vorhin losgingen? Das wäre wirklich der Super-GAU. Nervös suche ich weiter, in sämtlichen Innen- und Außenfächern, doch da ist nichts. Verdammt, ich sterbe. Aber vor ihm lasse ich mir das sicher nicht anmerken.

»Du suchst wirklich den Schlüssel, oder?«

Ich hebe den Kopf, mein Blick trifft seinen. »Ich werde ihn schon gleich finden.«

Mit diesen Worten wende ich mich ab und gehe auf den Eingang meines Häuschens zu. Der Bewegungssensor an der Lampe springt an. Prima, jetzt finde ich den Schlüssel bestimmt. Oder habe ich ihn etwa tatsächlich auf der Kommode im Flur liegen gelassen? Bitte nicht.

Kurz krame ich noch weiter in meiner Handtasche, muss dann allerdings feststellen, dass sich der Schlüssel wohl tatsächlich nicht darin befindet. Ich suche die Taschen meiner Jacke durch, doch auch da ist kein Schlüssel zu finden. Na toll.

Ich seufze leise. Was mache ich denn jetzt? Vielleicht habe ich ja Glück, überlege ich, und die Terrassentür ist nicht ganz zugezogen. Ich will mich auf den Weg um das Haus herum machen, als ich aufschrecke, denn mein Lieblingsnachbar steht auf einmal wieder vor mir. In der Hand hält er einen großen Schlüsselbund.

»Hab ich es doch gewusst. Also, soll ich dich reinlassen?«

Das wäre schon gut, denke ich mir, doch ich schüttele den Kopf und presse die Lippen aufeinander. »Nein«, antworte ich knapp. Auch wenn es verrückt ist, aber irgendwie sehe ich es gerade nicht ein, dass ich mir von ihm helfen lasse.

Er lacht auf und schiebt mich von der Haustür weg. »Wie kann man nur so stur sein?« Gezielt steckt er einen der Schlüssel ins Schloss, und die Tür öffnet sich.

Na toll. Nicht genug, dass dieser Kerl sich problemlos Zugang zu meinem Häuschen verschaffen kann. Jetzt habe ich ihm auch noch die Genugtuung geliefert, mir schon wieder geholfen zu haben.

Ich gehe an ihm vorbei, stelle mich in den Türrahmen und starre ihn wortlos an.

Kurz starrt er zurück, dann beginnt er zu grinsen. »Gern geschehen!«

»Ich hab nichts gesagt.«

»Klar ärgert dich das jetzt. Aber mach dir nichts draus.« Sein Grinsen wird noch breiter, und er streicht sich genüsslich durch den Bart.

Was glaubt er eigentlich, wer er ist?

Genervt stemme ich die Hände in die Hüften. »Jetzt kommst du dir ganz besonders toll vor, oder? Weil ich schon wieder deine Hilfe gebraucht habe. Aber weißt du was? Das ist mir total egal. Ich war freundlich zu dir, ich habe es versucht. Und du, du …«

»Warte, was hast du noch mal zu mir gesagt? Ich bin immer mürrisch und gemein?«

Ich nicke. »So ist es ja auch.«

»Hat dich das also so sehr getroffen, was ich zu dir gesagt habe?«

Was ist das bitte für eine Frage? »Es ist mir egal, ehrlich. Sei ruhig weiter so mürrisch und gemein, doch das wird dir nichts bringen.«

Ha, dem habe ich es jetzt aber gegeben. Er will etwas entgegnen, ich habe jedoch keine Lust mehr auf seinen Anblick und schlage ihm die Tür vor der Nase zu.

Draußen höre ich ihn lachen. Ja, superwitzig.

»Was wurde mir da nur angetan? Und warum?«, ruft er. »Das hält ja keiner aus.«

Das sagt dieser Kerl ernsthaft zu mir? Ich spüre einen Stich in der Brust und öffne doch noch einmal die Tür. »Du bist echt ein richtig gemeiner Idiot, hast dich mies benommen und bist verbohrt. Anstatt mich ganz normal wegen meines Autos anzusprechen, hast du mich gleich total angemault. Außerdem weißt du überhaupt nichts von mir. Ich wollte nur ein paar schöne Tage am Meer haben. Und meine Ruhe. In letzter Zeit war es anstrengend und kompliziert genug.«

Er verschränkt die Arme vor der Brust und mustert mit zusammengekniffenen Augen meine Fingernägel, die ich mir heute Abend zum ersten Mal seit einer gefühlten Ewigkeit mal wieder lackiert habe. »Was war denn so kompliziert?«, brummt er. »Den richtigen Nagellack zu finden?«

»Was hast du bitte für ein Problem? Ob und wann ich Nagellack trage, geht dich rein gar nichts an. Du bist so was von voreingenommen. Kein Wunder, dass deine Frau oder Freundin dich verlassen hat. Also hau bloß ab und lass mich in Ruhe! Ich hatte genug Chaos, und ich … ich weiß auch, was Verlust ist, trotzdem bin ich nicht gemein zu anderen Menschen. Ich bin jetzt für eine Woche hier, ob es dir passt oder nicht! Damit musst du leben!« Meine Stimme zittert, denn die Wut hat mich nun komplett eingenommen.

Wie gemein kann man nur sein? Irgendwie habe ich das Gefühl, dass er das in diesem Moment selbst erkannt hat, denn sein Blick wirkt mit einem Mal verändert. Er will etwas sagen, zumindest habe ich dieses Gefühl, aber ich schließe die Tür jetzt endgültig.

Der spinnt wohl. Was erlaubt er sich eigentlich? Ich wische die Tränen weg, die sich in meine Augen geschlichen haben. Es gibt wirklich keinen Grund zum Weinen. Ich habe schon so vieles geschafft, da wird mich so ein bescheuerter, bärtiger Seebär nicht in die Knie zwingen. Nur weil er mich aus irgendeinem Grund nicht hier haben will.

So ein Idiot. Auch als ich schon im Bett liege, drehen sich meine Gedanken noch immer. Ich versuche, abzuschalten und mich nur auf das Rauschen der Wellen zu konzentrieren, auf den Ruf des Meeres, doch es gelingt mir nicht.

Vielleicht sollte ich noch ein bisschen lesen. Lesen beruhigt mich immer. Gerade als ich aufstehen will, um mir einen der mitgebrachten Romane zu holen, summt mein Handy. Eine Nachricht von Nele. Sie will wissen, ob alles in Ordnung ist, und schreibt, dass es schön war und sie mir angenehme Träume wünscht. Das ist echt lieb von ihr.

Rasch tippe ich eine Antwort ein, dass alles so weit okay ist, aber dass dieser Idiot ...

Doch ich überlege es mir anders und lösche den Text wieder. Ich werde Nele einfach morgen alles erzählen, sonst rege ich mich jetzt nur wieder auf. Also antworte ich nur: *Danke schön. Ja, das fand ich auch. Sehr sogar. Und ich wünsche dir ebenfalls gute Träume.*

Sie schickt ein Smiley zurück und schreibt dazu: *Ich bin gespannt, was du in diesem Haus träumst. Du weißt ja, was die Legende besagt. Was man hier träumt, wird wahr. Ich drücke dir jedenfalls die Daumen.*

Ich muss lächeln. Von diesem Unsinn halte ich zwar nichts, doch ich weiß, es ist lieb von ihr gemeint. Dann lege ich das Handy weg. Ob ich jetzt noch anfangen soll zu lesen? Meine Augen werden aber bereits schwer. Ich höre nur noch eine Weile den Wellen zu und kuschele mich in die Decke ein.

Obwohl ich nicht daran glaube, lassen mich Neles Worte nicht los. Was ich heute Nacht wohl träumen werde? Irgendwie bin ich schon gespannt darauf, es zu erfahren.

Meer und nackte Tatsachen

Ich habe die Augen geschlossen und höre dem Rauschen des Meeres zu. Auf einmal greift jemand nach meinen Händen. Ich öffne die Augen und sehe, dass es Keno ist.

»Was wollen wir jetzt machen?«, frage ich.

Er lächelt mich an. »Kannst du dir das nicht denken?«

Ich wundere mich im Traum über mich selbst, denn ich lege nun meine Hand an seine breite, männliche Brust.

»Du kannst es dir wirklich nicht denken?«, fragt er noch einmal, doch ehe ich antworten kann, küsst er mich bereits.

Mein Herz bebt so heftig in meinem Brustkorb, dass ich kaum noch atmen kann. Sanft drückt er mich gegen die Wand, und sein Atem streift meine Wangen, während unsere Nasenspitzen sich fast berühren.

»Wir werden uns küssen?«, flüstere ich.

»Daran habe ich eigentlich nicht gedacht. Sagtest du nicht, ich soll die Dusche reparieren?«

Doch die Dusche ist mir gerade total egal. Meine Hand greift in seine Haare, wandert in seinen Nacken, über die Schultern zu seinem starken Rücken. Zwischen uns krib-

belt und knistert es. Ein heftiges, intensives Gefühl, so belebend wie das Rauschen des Meeres.

Aber so leicht will ich es ihm nicht machen. »Ich dachte, ich sollte nicht hier sein?«, frage ich.

Er sieht mich an. Diese blauen Augen, so blau wie das Meer … »Ehrlich gesagt bin ich so froh, dass du hier bist. Und ich wünsche mir, dass du bleibst«, haucht er mir zu.

Und dann küsst er mich wieder. Ein warmer und doch auch aufgeladener Kuss, der mich sofort erfüllt, so wie die Strahlen der Sonne und das Rauschen der Wellen.

Auf einmal sieht es um uns herum aus, als wären wir in einem … ja, in einem Leuchtturm. Wie ist das passiert? Aber ich denke nicht weiter darüber nach, es ist einfach so.

Wir küssen uns noch immer. Unsere Zungen berühren sich, suchen sich, und ich versinke in diesem Gefühl, das er in mir auslöst und das meinen gesamten Körper umhüllt. Wie ein warmer Sommerwind.

Irgendwann zieht er mich mit sich, und wir fallen auf ein weiches Bett. Als wir uns endlich von unserer Kleidung befreit haben, brennt unsere Haut heiß aufeinander.

»Und? Ist das besser, als die Dusche zu reparieren?«, fragt er.

Ich lächle gegen seine Lippen. Ja, es ist so viel besser. In diesem Augenblick ist es genau das, was ich brauche.

»Ich bin so froh, dass wir uns getroffen haben und du meine Einfahrt blockiert hast«, keucht er.

Ich streiche ihm über die Wange, den vollen Bart. Eigentlich hasse ich Bärte, aber gerade ist mir das so was von gleichgültig. Weil ich ihn toll finde.

Schon wieder küssen wir uns, immer weiter, immer wieder. Es fühlt sich gut an, nach mehr. Ja, nach so viel mehr. Hier will ich bleiben, denke ich.

Und dann sehe ich das Meer. Ich sehe das Haus, ich sehe Keno und mich, ehe mit einem Mal alles verschwimmt …

***

Völlig durcheinander schrecke ich hoch. Ich schwitze, und mein Herz hämmert viel zu schnell. Verdammt, was war das?

Schwer atmend sehe ich mich im Zimmer um. Das war ein Traum, oder? Es kann gar nicht anders sein, obwohl es sich so unsagbar real angefühlt hat. Beruhige dich, Kati, du bist allein, rede ich mir ein.

Um sicherzugehen, lasse ich meinen Blick noch einmal durch den Raum wandern. Ja, es stimmt, ich bin allein. Zum Glück. Es war nur ein Traum, ein ganz verrückter Albtraum.

Wie spät es wohl ist? Es scheint noch recht früh am Morgen zu sein, denn ein paar erste Sonnenstrahlen fallen nur ganz leicht durch die Ritzen der Vorhänge.

Ich höre dem Rauschen des Meeres zu und seufze. Jetzt habe ich doch tatsächlich von diesem Idioten Keno geträumt. Und ich habe im Traum auch noch wild mit ihm rumgemacht! Es hat sich so real angefühlt, und mir ist, als würde ich noch immer seine Küsse auf meiner Haut spüren. Schrecklich, fürchterlich. Das muss ich erst mal verarbeiten.

Es heißt, was man in diesem Haus träumt, wird wahr. Mit einem Mal geistern die Worte aus Neles Nachricht von gestern Abend durch meinen Kopf, doch ich versuche, sie zu ignorieren. Denn dass dieser Albtraum wahr wird, ist das Allerletzte, was ich will.

Einen Moment liege ich noch da, dann beschließe ich, aufzustehen. Ein neuer Tag, ein neues Glück. Das Meer vor der Tür, da kann der Tag doch nur gut werden. Heute werde ich nur ausspannen. Mit einem Buch, einer schönen Geschichte.

Ich gehe hinüber ins Wohnzimmer und ziehe mit Schwung die Vorhänge an der Terrassentür auf. Ja, der Tag *könnte* gut werden. *Könnte*, denn das Erste, was ich sehe, ist Keno. Im Meer, in der Realität – und er ist nackt!

Oh mein Gott. Reflexartig halte ich mir die Hände vors Gesicht und spüre, wie mir die Röte auf die Wangen steigt. Schnell schließe ich die Vorhänge wieder.

Was ist bitte mit diesem Kerl los?

Ohne dass ich es will, linse ich noch einmal durch den Spalt zwischen den Vorhängen. Er ist tatsächlich nackt. Und irgendwie ... na ja, sein Hintern, er ist ziemlich groß und breit und ... Ah! Kati!

Was soll das? Warum muss der Kerl nackt im Meer baden, noch dazu an einer Stelle, an der ich ihn zwangsläufig sehen muss?

Ich ziehe den Vorhang ein kleines Stück weiter auf. Ausgerechnet in diesem Augenblick dreht er den Kopf nach hinten und schaut demonstrativ zu mir herüber, dabei grinst er auch noch frech. Hastig wende ich mich vom Fenster ab. Ich drehe echt gleich durch.

Aber dann denke ich mir, dass ich mich von diesem bescheuerten Idioten nicht so einschüchtern lassen darf. Denn eines ist mir sonnenklar: Er macht das mit Absicht. Um mich zu ärgern, zu provozieren und womöglich sogar zu vertreiben. Klar, er will ja nicht, dass ich hier bin.

Langsam drehe ich mich doch wieder zum Fenster und luge erneut hinaus. Noch immer ist sein nackter Hintern mir zugewandt, sein Blick zum Himmel gerichtet. Mal im Ernst, was macht er da? Entspannungsyoga, oder was?

Okay, er ist nicht der ausgesprochene Adonis. Doch sein Hintern ist trotz seiner Breite ... na ja, ziemlich knackig. Und die Beine sind gut stämmig, im positiven Sinne.

Was? Warum denke ich so etwas? Bin ich jetzt völlig bescheuert? Dennoch will ich erneut einen kleinen Blick riskieren. Ich öffne den Vorhang wieder ein bisschen weiter und erstarre, denn Keno hat sich nun komplett zu mir herumgedreht. Mit einer Hand bedeckt er seinen Schritt, mit der anderen winkt er mir lachend zu.

Das ist echt … Reine Provokation.

Genervt ziehe ich den Vorhang ganz zur Seite, reiße die Tür auf und stelle mich auf die Terrasse. Die Sonne strahlt von einem wolkenlosen Himmel, und die warme Luft mit dem leichten Geschmack von Salz hüllt mich ein. Es könnte so schön sein – würde da nicht dieser nackte, bärtige Kerl mir die Aussicht versperren.

»Guten Morgen. Na, ausgeschlafen?«, ruft er mir allen Ernstes zu.

Prompt wird mir etwas warm auf den Wangen. Zum Glück bedeckt er wenigstens seinen Schritt. Ich möchte echt nicht wissen, wie sein … Ding da unten aussieht, auch wenn ich heute Nacht davon geträumt habe, es zu fühlen – zumindest so etwas in der Art. Ahhhh! Weg mit diesem Gedanken. Flieg mit dem Wind davon oder was auch immer!

Meine Wangen werden noch heißer.

»Muss das sein? Du versuchst auch alles, oder?«, entgegne ich, und er zuckt mit den Schultern, so als wüsste er nicht, was ich meine.

Das ist doch reine Schikane.

»Was meinst du?«, fragt er jetzt tatsächlich.

»Als ob du das nicht wüsstest. Nackt vor meinem Haus herumzuspringen, um mich damit in die Flucht zu schlagen!«

Er lacht. »Ich werde ja wohl noch meine morgendliche Routine durchführen dürfen. Oder hast du noch nie einen nackten Mann gesehen? Dann pack wirklich lieber die Koffer, das mache ich nämlich jeden Tag.«

Der kann mich mal. Während die Wut mich schüttelt, wende ich mich hastig ab und beschließe, ins Bad zu gehen. Ich wollte mich heute an den Strand setzen, lesen, einfach die Seele baumeln lassen.

Mist. Apropos baumeln lassen …

Ich schiebe den Gedanken an den nackten Keno weg. Soll er doch baumeln lassen, was er will.

Während ich das Wohnzimmer betrete, überlege ich es mir anders und gehe erst in die Küche zur Kaffeemaschine. Dann ist nach dem Duschen mein flüssiges Gold schon fertig, und ich kann gemütlich frühstücken. Wobei ich ja wohl noch einkaufen gehen muss, weil ich praktisch nichts zum Essen im Haus habe. Zum Glück ist wenigstens Kaffeepulver und Filterpapier da. Erleichtert gieße ich Wasser in den Behälter, fülle das Pulver in den Filter und drücke auf *Start*. Doch nichts tut sich.

Echt jetzt? Warum denn das?

Zuallererst sehe ich nach, ob die Maschine überhaupt eingesteckt ist. Und ja, das ist sie. Aber warum funktioniert sie dann nicht? Ich ziehe den Stecker, stöpsele ihn wieder ein, drücke alle Tasten, die ich nur finden kann, doch die Maschine rührt sich weiterhin nicht. Was soll ich denn jetzt machen?

Ich blicke aus dem Fenster und sehe zufällig, wie Keno gerade aus dem Wasser zu seinem Haus geht. Nein, ich werde einen Teufel tun und ihn um Hilfe bitten. Auch wenn er zum Glück ein Handtuch um die Hüften geschlungen hat.

Natürlich entdeckt er mich prompt und grinst. Toll, warum hat dieses Haus nur so große, weithin sichtbare Fenster?

»Langsam macht es mich ganz verlegen, wenn du mich immer so anstarrst«, ruft er.

Ich tippe mir mit dem Zeigefinger gegen die Stirn. »Bilde dir bloß nichts darauf ein.« Aber dann beschließe ich schweren Herzens, doch über meinen Schatten zu springen. Was soll's? »Warte mal kurz«, sage ich und gehe hinaus auf die Terrasse. »Meine Kaffeemaschine funktioniert nicht. Muss ich da auch wieder irgendwas drücken?«

Er kneift die Augen zusammen. »Ich dachte, du möchtest meine Hilfe nicht?«

Okay, darauf habe ich keine Lust, nachdem ich mich wirklich dazu überwunden habe, ihn noch mal anzusprechen. »Dann eben nicht«, entgegne ich und will mich schon abwenden, doch er hebt die Hand. Ich zucke zusammen und starre auf das Handtuch, das sich jedoch zum Glück keinen Millimeter bewegt.

»Keine Panik, ich bin gut eingepackt.« Grinsend deutet er nach unten in Richtung seines besten Stücks. »Und wegen der Kaffeemaschine: Hast du das Schild an der Wand nicht gelesen? An der Unterseite des Hängeschranks direkt über der Maschine ist ein Schalter. Erst wenn du den drückst, hat die Dreifachsteckdose Strom – und damit auch die Kaffeemaschine. Du kannst dann auch noch andere Geräte dort einstecken, das Waffeleisen oder den Eierkocher zum Beispiel.«

Ich ziehe die Augenbrauen nach oben. Den Eierkocher. Ja, genau. Soll das eine plumpe Anspielung sein? Falls dem so ist, werde ich ihm nicht den Gefallen tun, darauf einzugehen.

»Gut, danke«, antworte ich nur und gehe zurück ins Haus. Vorsichtshalber ziehe ich die Vorhänge ein wenig zu.

In der Küche angekommen, drücke ich den Schalter. Augenblicklich leuchtet an der Kaffeemaschine ein rotes Lämpchen auf, es beginnt zu gluckern, und schließlich tut die Maschine das, wofür sie da ist.

Erleichtert mache ich mich auf den Weg ins Bad, um meinen Plan für heute weiterzuverfolgen. Will heißen: mich duschen, die Beine rasieren, eincremen und fertig für einen Strandtag machen. Doch das Summen meines Handys hindert mich daran, genauer gesagt eine E-Mail von meinem neuen Chef.

Liebe Frau Springer, anbei habe ich noch ein paar Fragen zu diesen Vorgängen und Patienten. Können Sie mir dazu bei Gelegenheit noch eine Info geben? Ich weiß, es ist etwas unangenehm, aber ich hätte da noch etwas …

Entschlossen klicke ich die E-Mail weg. Ich habe Urlaub und gehe jetzt ins Bad.

Kaum bin ich dort fertig, meldet sich erneut mein Telefon. Mit feuchten Haaren gehe ich hinüber in die Küche, wo das Handy auf der Arbeitsplatte liegt. Ich sehe, dass es Nele ist, und nehme das Gespräch an.

»Guten Morgen. Na, hast du gut geschlafen? Schöne Träume gehabt?« Das ist natürlich das Erste, nach dem sie fragt.

Die Bilder, die sich jetzt in meinem Kopf auftun, lassen mich die Nase rümpfen. »Na ja, nicht wirklich.«

»Oh, warum? Was hast du denn geträumt?«

»Das willst du absolut nicht wissen.«

Sie kichert. »Oh doch, jetzt erst recht. Also sag schon!«

Kurz zögere ich noch. »Ich habe von diesem Keno geträumt, und zwar, dass ich mit ihm herumgemacht habe. Ich schwöre dir, wenn du mir jetzt sagst, dass das doch toll ist und sicher wahr werden wird, dann …«

»Dann was?« Die Belustigung in ihrer Stimme ist nicht zu überhören.

»Dann verfluche ich dich. Wie, weiß ich noch nicht, aber ich lasse mir etwas ganz Gemeines einfallen.«

Sie lacht laut auf, und ich muss ebenfalls lächeln, denn die Situation ist ja schon irgendwie komisch. »Ich bin nicht schuld an deinen Träumen, meine Liebe. Es wird ja wohl einen Grund geben, warum dein Unterbewusstsein dir Träume von ihm schickt. Oder es ist am Ende das Meer, wer weiß. Glaub mir, ich bin die Letzte, auf die du sauer sein musst.«

»Stimmt, das Meer und seine angebliche Magie …«

»War der Traum denn schön?«, will sie nun auch noch wissen.

Sofort spüre ich wieder dieses Kribbeln. Na toll. »Na ja, ich … da war …«

»Dann ist es doch gut. Wer weiß, in was für einer tollen Geschichte du bereits drinsteckst.«

»Ja, so wird es sein«, antworte ich zynisch. »Keine Ahnung, was der Traum sollte. Aber mal ehrlich, der Typ ist einfach nur gemein. Übrigens, nachdem du und Fiete heute Nacht gegangen wart, ist er kurze Zeit später auch heimgekommen. Ich wollte es dir gestern Abend nicht mehr schreiben, denn dann hätte ich mich noch mehr reingesteigert. Jedenfalls war ich gerade dabei, in meiner Tasche nach dem Hausschlüssel zu suchen, da hat er schon wieder rumgemault. Ob ich meinen Schlüssel vergessen hätte. Nicht sehr romantisch, das Ganze.«

»Stimmt, das klingt schon ganz schön fies nach Anmaulen.«

Sehr witzig. Kapiert sie den Ernst der Lage nicht? Ich rolle mit den Augen. »Das war eine Stichelei, verstehst du? Ich habe ihm gesagt, dass ich meinen Schlüssel habe, aber …« Ich hole tief Luft. »Aber das Ende vom Lied war, dass ich das blöde Ding tatsächlich im Haus liegen gelassen hatte.«

»Oh nein!«

»Oh doch. Dann hat er mir die Haustür aufgeschlossen, ohne dass ich ihn darum gebeten hatte. Und stell dir vor, er scheint das Ganze auch noch genossen zu haben, denn er hat sich ganz aufreizend durch den Bart gestrichen.« Ich warte kurz, ob Nele etwas antwortet, doch sie schweigt. »Ich habe es wirklich versucht, Nele. Aber er tut so, als wäre ich die größte Qual für ihn. ›Was wurde mir da nur angetan?‹, hat er sogar gerufen. Ich habe ihm dann gesagt, dass mich das schon verletzt und dass ich einfach nur meine Ruhe will. Ein paar schöne Tage am

Meer, weil in letzter Zeit alles so kompliziert und chaotisch war. Und ihm ist nichts Besseres eingefallen, als mich allen Ernstes zu fragen, ob es denn kompliziert war, den richtigen Nagellack zu finden. Ganz ehrlich, warum ist dieser Kerl so?«

»Okay, das war echt ziemlich daneben«, meint Nele.

»Sag ich doch!«

»Trotzdem hattest du einen heißen Traum mit ihm!« Sie kichert.

»Nele, das ist nicht lustig.«

»Entschuldige, ich konnte es mir nicht verkneifen.«

»Und fang jetzt bloß nicht wieder mit dieser Legende an. Das Meer kann sicher nichts für diesen unsinnigen Traum«, sage ich. »Irgendwie scheint mein Unterbewusstsein ziemlich krank zu sein, ich muss es bei Gelegenheit mal hinterfragen. Aber das war ja noch nicht alles.«

»Was war denn noch? Erzähl.«

»Na, vorhin hat er mich schon wieder geärgert, indem er nackt gebadet und mir die Aussicht auf die Weite des Meeres versperrt hat. Mit seinem Hintern!«

Jetzt hält Nele nichts mehr. Sie lacht so laut und anhaltend, dass ich schon beginne, die Sekunden zu zählen, bis sie wieder aufhört. »Der stand echt nackt im Meer?«, japst sie.

»Wenn ich es dir doch sage.« Kurz berichte ich ihr auch von diesem Schlagabtausch und wie er geendet hat. Nämlich dass ich wieder seine Hilfe brauchte, weil die Kaffeemaschine nicht anging. Ich blicke hinüber und stelle erleichtert fest, dass mein Kaffee schon fertig ist. Denn wie auf Kommando gurgelt es nun heftig.

»Und jetzt funktioniert sie?«

»Ja, glücklicherweise. Ich freue mich richtig darauf, mir den Kaffee gleich draußen auf der Terrasse schmecken zu lassen. Danach würde ich gern an den Strand, muss aber auch noch einkaufen gehen, weil ich praktisch nichts hier habe. Wie ist es mit dir? Kommst du in deiner Mittagspause hierher? Dann könnten wir es uns am Strand gemütlich machen.«

Nele seufzt. »Deswegen rufe ich an. Der Vertreter eines Lieferanten hat sich angesagt, es geht um neue Ware, für die ich besondere Konditionen bekommen soll. Das wird leider länger dauern. Aber heute Abend könnten wir zusammen essen, wenn du Lust hast. Fiete wäre auch dabei.«

»Das klingt doch gut. Dann versuche ich einfach mal, den Tag über zu entspannen, zu lesen und braun zu werden.«

»Ein guter Plan. Wo ist Keno denn jetzt?«

Ich zucke mit den Schultern. »Woher soll ich das wissen? Ich beobachte ihn doch nicht andauernd, so wie er mich. Echt jetzt, ich finde das schon ziemlich gruselig. Mit dem Kerl hält man es doch nicht aus.« Ich blicke aus dem Küchenfenster. Wie es der Zufall will, geht gerade in diesem Moment eine Frau mit leicht gelockten dunklen Haaren auf Kenos Eingang zu und verschwindet dann im Haus. »Übrigens ist da gerade eine Frau zu ihm rein«, sage ich.

Nele kichert. »Ich dachte, du beobachtest ihn nicht?«

»Das war doch nur wegen dir, weil du gefragt hattest. Außerdem lässt sich das hier kaum vermeiden, so nah, wie die beiden Häuser beisammenstehen. Dazu noch mit freier Sicht, ohne einen einzigen Strauch oder Baum im Garten.« Ich schaue erneut hinüber zu Kenos Haus. »Also echt, der hat doch nie und nimmer eine Freundin, oder? Ich dachte, er ist eher eine Art Einsiedler oder so.«

»Das kann ich dir leider nicht sagen, so viel weiß ich nicht über ihn. Soll ich mich mal schlaumachen?«

»Nein, bloß nicht.« Ich rühre nebenbei ein Stück Zucker in meinen Kaffee. »Ich sage ja nur, dass ich mir das nicht vorstellen kann.«

»Stört es dich? Weil dein Traum jetzt vielleicht nicht wahr wird?«

Ich zucke zusammen. Meine Freundin ist ja so witzig. »Was? Nein!«

»Lass dir eines gesagt sein: Auch wenn du noch so sehr herumkeifst, Tatsache ist, dass dein Unterbewusstsein ihn wohl nicht ganz so mies findet.

Zumindest schien deine Vorstellungskraft heute Nacht recht ausgeprägt gewesen zu sein. Und jetzt machst du dir darüber Gedanken?«

Merker an mich, dass ich ihr nie wieder so etwas erzählen werde.

»Ich kann ja wohl nichts dafür, was für unsinnige Dinge sich mein Gehirn nachts ausmalt. Vielleicht ist es auch nur ganz allgemein eine Sehnsucht danach, mal wieder etwas Leidenschaftliches zu erleben. Ich habe einfach zu wenig gelesen in letzter Zeit und brauche endlich wieder eine Dosis Kitsch. Das hat null Komma null direkt mit diesem Keno zu tun.« Ich bin ganz stolz auf diese Antwort, die sich ja durchaus einleuchtend anhört. Wer sehnt sich denn nicht hin und wieder nach körperlicher Nähe?

»Das hast du dir jetzt schön zurechtgedreht«, entgegnet Nele. »Aber meinetwegen, dann ist es eben eine Sehnsucht, und es könnte jeder sein. Doch ich frage mich, warum dein Unterbewusstsein sich gerade Keno ausgesucht hat und zum Beispiel nicht Channing Tatum oder so.«

»Nee, auf den stehe ich überhaupt nicht. Dann lieber Leonardo DiCaprio. Der ist irgendwie immer noch heiß.«

»Ja, ja, aber Keno findest du auch nicht schlecht. Sag mal, wie lange ist es jetzt her, seit … du weißt schon?«

»Was weiß ich?«

»Na, seit du zum letzten Mal Sex hattest.«

»Meinst du einfach nur Sex oder guten Sex?«

Nele lacht. »Das war wohl ein Seitenhieb gegen Christopher, oder?«

»Keine Ahnung, was ich an dem gefunden habe.«

»Tja, das Thema hatten wir bereits.«

»Und jetzt ist es auch schon wieder beendet«, sage ich eindringlich. »Vor allem, was meinen netten Nachbarn anbelangt.«

»Na gut, ich sage nichts mehr. Dann bis heute Abend also. Und genieß den Tag am Strand.«

»Ja, mache ich. Danke und bis heute Abend.«

Dann legen wir auf. Ich beschließe, meine Haare an der Luft trocknen zu lassen, nehme meine Kaffeetasse und setze mich damit auf die Terrasse. Endlich habe ich freie Sicht aufs Meer. Ich sehe den Wellen zu, den Möwen, die über dem Wasser ihre Kreise ziehen, und genieße die Sonnenstrahlen auf meiner Haut. Der Kaffee wärmt mich zusätzlich. Dieser Augenblick könnte nicht schöner sein, er ist perfekt, und nichts stört diese unglaubliche Ruhe.

Doch auf einmal ist da ein seltsames Gestöhne, das aus dem Nachbarhaus zu kommen scheint. Ich schaue hinüber, aber nichts ist zu sehen. Es sind nur diese merkwürdigen Geräusche, die immer wieder an mein Ohr dringen, ob ich es will oder nicht.

Der wird doch nicht …

Im Ernst, warum muss ich andauernd mit solch schrecklichen Dingen konfrontiert werden? Ich könnte wirklich aus der Haut fahren. Oder tut er das mit Absicht, um mich zu ärgern?

Weil ich keine Lust auf dieses Gestöhne habe und ohnehin noch zum Einkaufen fahren muss, beschließe ich, das gleich zu erledigen, bevor ich an den Strand gehe. Ich trinke den letzten Schluck aus meiner Tasse, dann schlüpfe ich in mein gelbes Blumenkleid und die Sandalen. Meinen Hausschlüssel darf ich auf keinen Fall vergessen. Ich packe ihn in die Handtasche, hole stattdessen den Autoschlüssel heraus und trete aus der Tür. Bis ich zurück bin, wird der Kerl ja wohl fertig sein mit seinen Geräuschen.

Mit einem Mal muss ich schlucken. Ich hätte echt nicht gedacht, dass dieses Ekelpaket überhaupt etwas mit Frauen zu tun hat oder gar eine feste Freundin hat. Und ich hatte tatsächlich kurz Mitleid mit ihm wegen seiner Trennung, oder was auch immer da war. Aber mit so einem wie ihm muss man wirklich kein Mitleid haben.

Munteres Strandleben

In dem kleinen Supermarkt im Ort habe ich alles bekommen, was ich brauche: etwas Brot, Wurst, Nudeln, Lachs und dazu noch ein paar Kleinigkeiten, die ich nachher mit zum Strand nehmen möchte. Das Auto parke ich diesmal in der richtigen Einfahrt, denn ich habe keine Lust, wieder mit Keno aneinanderzugeraten.

Als ich meine beiden Einkaufstüten vom Auto zum Haus trage, tritt die Frau, deren Stöhnen vorhin bis zu mir auf die Terrasse zu hören war, aus Kenos Haus. Sie bleibt am Eingang stehen, und die beiden unterhalten sich noch kurz miteinander. Das heißt ja wohl, dass diese Geräusche jetzt endlich aufgehört haben. Gut so, aber das ging dann doch ganz schön lange, oder?

Also wirklich, Kati, was ist los mit dir?

Aha. Aus dem Augenwinkel nehme ich wahr, wie sie ihm ein Küsschen auf die Wange gibt. Schnell schaue ich weg. Keine Ahnung, ob Keno mich gesehen hat, jedenfalls schließe ich rasch meine Tür auf und husche mit den Einkäufen ins Haus.

Gleich werde ich am Meer sein, denke ich mir, während ich die Tüten ausräume und ihren Inhalt verstaue. Ich könnte jetzt sagen, dass es mich beinahe schon ruft. Haha.

Jedenfalls werde ich es mir heute richtig gut gehen lassen. Ich werde mich in den Strandkorb setzen oder auf eine Decke legen, je nachdem, wonach mir gerade der Sinn steht.

Als ich den Flur betrete, gleitet mein Blick zu Richards Kiste. Ich gehe langsam darauf zu, doch dann schüttele ich den Kopf. Jetzt geht es erst mal an den Strand. Also beginne ich, meine Sachen zusammenzupacken. Die große Strandtasche brauche ich eigentlich nicht, das Meer ist ja nur ein paar Schritte entfernt. Dennoch stopfe ich Sonnencreme, ein Buch und eine Flasche Wasser hinein. Ich suche noch den Schlüssel zum Strandkorb, dann mache ich mich auf den Weg.

Kaum habe ich den Strand erreicht, ziehe ich meine Schuhe aus und gehe barfuß auf den Strandkorb zu, der zu meinem Häuschen gehört. Der warme Sand unter meinen Füßen tut so gut, ebenso die frische, salzige Luft.

Als ich die Decke auf dem Boden ausgebreitet habe, schließe ich den Strandkorb auf, lege das Handtuch auf die Sitzfläche und setze mich darauf. Das

Meer liegt direkt vor mir. Was für ein Gefühl, einfach mal entspannen zu können. Es ist, als würde alle Last in mir von den immer wiederkehrenden Wellen mitgenommen. Ich will einfach mal an nichts denken, wobei das jedoch nicht ganz so leicht ist. Mein Traum von heute Nacht geistert immer noch in meinem Kopf herum. So ein Quatsch aber auch.

Nachdem ich eine Weile einfach nur die Ruhe genossen habe, blicke ich zurück zu meinem Häuschen. Mir war, als hätte ich jemanden rufen gehört, aber das war wohl nur der Schrei einer Möwe. Jetzt erst fällt mir der Schuppen neben dem Haus auf. Er sieht ganz verloren aus, und auch von ihm blättert die Farbe ab. Hat Svantje nicht geschrieben, dass sich im Schuppen Badezeug und Sachen für den Strand befinden? Vielleicht schaue ich später mal nach.

Ich wende meinen Blick wieder dem Meer zu und habe plötzlich erneut Kenos nackten Hintern vor meinem geistigen Auge. Wie bescheuert. Was interessiert der Kerl mich überhaupt? Vielleicht hat es ja damit zu tun, dass ich mir immer viel zu viele Gedanken um andere mache. Genauer gesagt mache ich mir in seinem Fall Gedanken darüber, warum er es so schrecklich findet, dass ich hier bin.

Ich seufze tief, während ich meine Füße durch den Sand gleiten lasse, was sich so gut und vor allem beruhigend anfühlt. Ich muss es echt mal schaffen, mir nicht andauernd Gedanken zu machen, sondern endlich Entschleunigung zu bekommen von all dem Chaos, das ich hatte. Doch ich weiß genau, was passiert, wenn ich mich mehr um mich selbst statt um andere kümmere: Ich denke darüber nach, was mir fehlt. Wer mir fehlt und was mich traurig macht. Deswegen suche ich dann wieder irgendeine Art von Ablenkung. Bescheuert.

Richards Worte fallen mir ein, unsere Gespräche über Liebesgeschichten. Ja, jetzt ist es wirklich mal an der Zeit, zu lesen und abzuschalten. Zuckerguss-Zeit, wie Richard sagen würde. Ich hole das Buch, das ich mitgebracht habe, aus der Tasche und lese den Klappentext. Es geht um eine Frau, die keine Lust auf Urlaub hat, und der Typ, dem sie im Zug zu ihrem Urlaubsort begegnet, ist ziemlich gemein zu ihr. Ich muss lächeln. Ein typischer Keno also. Aber das hier, liebe Kati, ist kein Roman.

Ich lege das Buch weg, schließe die Augen und atme ruhig und gleichmäßig. So sitze ich eine ganze Weile da und lasse das Meer, sein Rufen und die Ruhe auf mich wirken. Doch irgendwann wird es mir zu warm, und ich beschließe, eine Runde im Meer zu schwimmen. Langsam gehe ich darauf zu, den Kopf der Sonne zugewandt. Als ich das kühle Wasser spüre, das meine Füße immer wieder umspült, bleibe ich für einen kurzen Moment stehen. Außer mir haben sich mittlerweile auch einige andere Menschen am Strand eingefunden, schwimmen, gehen spazieren oder sitzen in ihren Strandkörben.

Nach ein paar Augenblicken gehe ich weiter, weiter und weiter, bis ich schließlich komplett vom Meer gehalten werde. Oh mein Gott, wie schön das ist. Ich schwimme eine Weile, ehe ich wieder zurück zu meinem Platz gehe und mich auf die Decke lege, um mich von der Sonne trocknen zu lassen. Ich genieße es, wie die Sonnenstrahlen die Wasserperlen auf meiner Haut erwärmen. Ja, die Abkühlung war genau richtig. Ich schließe die Augen und atme tief durch. Ruhe! Was für eine wundervolle Ruhe!

Die jedoch mit einem Mal unterbrochen wird.

»Hoffentlich bist du eingecremt, das kann böse ausgehen.«

Diese Stimme erkenne ich sofort. Oh Mann, was will der denn schon wieder? Hat er nicht irgendwas anderes zu erledigen?

Soll ich einfach so tun, als würde ich schlafen? Eigentlich eine gute Idee. Ich stelle mich schlafend oder tot. Aber nicht, dass er am Ende noch auf die Idee kommt, mich wiederzubeleben. Mit Mund-zu-Mund-Beatmung. Igitt, bloß nicht. Doch warum sollte er mich überhaupt wiederbeleben wollen? Eher legt er sich noch auf mich drauf, um mich endgültig plattzumachen. Und schon wäre er mich los.

Also vielleicht doch besser die Augen kurz aufmachen? Aber was, wenn er … Womöglich ist er am

Ende wieder nackt, wenn ich die Augen öffne. Nein, das wird er nicht wagen. Wie unanständig wäre das denn? Doch dann könnte ich die Polizei rufen, wegen Erregung öffentlichen Ärgernisses. Haha, das wäre eigentlich lustig.

»Ich weiß, dass du nicht schläfst.«

»Ach ja? Und woher?« Mist, jetzt habe ich mich auch noch selbst verraten. Aber egal.

Keno lacht. »Erstens hattest du dieses Grinsen im Gesicht, und zweitens bist du gerade erst aus dem Wasser gekommen. So schnell kann kein Mensch einschlafen. Und drittens hast du mir doch eben geantwortet.«

Mit geschlossenen Augen entgegne ich: »Du bist ja so klug! Natürlich hätte es sein können, dass ich schlafe. Aber jetzt wäre ich auf jeden Fall wach. Ganz toll, danke.«

Ich höre ein Rascheln, gefolgt von einem Klicken und einem schlürfenden, beinahe schon ekeligen Geräusch. Was er da wohl macht?

»Bist du nackt?«, frage ich, weil das wirklich eine berechtigte Sorge von mir ist.

»Hättest du das denn gern?«

Der Kerl ist echt nicht ganz bei Trost.

»Nein, natürlich nicht. Warum um Himmels willen sollte ich das wollen? Also, kann ich die Augen aufmachen?«

»Ja, du kannst.«

Ich traue dem Braten nicht so ganz, daher öffne ich die Lider nur einen kleinen Spalt und blinzele hindurch. Keno hat sich tatsächlich neben mich gelegt und trägt zum Glück Badeshorts.

»Ach nein«, stöhne ich und richte mich ein wenig auf. »Der Strand ist so groß, und außerdem willst du mich doch gar nicht hier haben. Warum liegst du dann neben mir? Kannst du mir das mal verraten?«

Er grinst. »Ich dachte, wir reden mal ein bisschen miteinander, nachdem unser Start so schlecht war.«

Ich mustere ihn. Anscheinend hat er sich frisch eingecremt, denn seine Haut ist ziemlich weiß. Die Creme klebt sogar in den Haaren auf seiner Brust.

»Was ist?«, fragt er, denn ich habe wohl das Gesicht ein wenig verzogen.

»Warum bist du so weiß?«

»Weil ich die Sonne hier kenne und mich deswegen richtig eincreme. Das solltest du auch machen.«

Ich verdrehe die Augen. »Kümmere du dich mal um dich, und ich kümmere mich um mich, ja? Ich habe mich natürlich eingecremt, bin ja nicht von vorgestern.«

»Okay, na dann … Ich wollte es dir nur sagen.« Er nimmt einen großen Klecks von seiner weißen Schmiercreme und reibt sich das Gesicht und den Bart damit ein, sodass er endgültig aussieht wie ein Schneemann im Sommer.

»Danke für die Info und deine Fürsorge«, antwortete ich. »Aber das ist wirklich nicht nötig, Olaf.«

Keno sieht mich verständnislos an.

»Ach, da kennt der Herr den Disneyfilm *Findet Nemo,* kann aber mit der *Eiskönigin* nichts anfangen. Du siehst aus wie Olaf, der Schneemann. Deswegen.« Ich lege mich wieder hin.

Er lacht. »Du kannst ja witzig sein.«

»Na, wenn ich schon nicht lesen kann …«

Warum hat sich der Kerl nicht irgendwo anders hingelegt als ausgerechnet neben meine Decke? Und warum frage ich ihn das nicht? Ach so, das habe ich ja gemacht, und er meinte, damit wir uns unterhalten können. Toll.

»So, fertig«, sagt er nach ein paar Augenblicken und seufzt wohlig. »Dann kann ich mir jetzt in aller Ruhe die Sonne auf den Wanst scheinen lassen.«

Muss er denn alles, was er macht, kommentieren, und dann noch auf so eine alberne Art und Weise? Innerlich bin ich kurz vor dem Explodieren, nach außen lasse ich mir jedoch nichts anmerken, vielleicht bekomme ich so am ehesten meine Ruhe.

Falsch gedacht. Es dauert nur ein paar Sekunden, bis eine Art Klopfen oder Schlagen, das sich zudem ziemlich hohl anhört, an mein Ohr dringt. Genervt öffne ich die Augen und sehe, wie er sich mit beiden Händen auf den Bauch klopft. »Ich sage immer, das ist mein Sixpack mit Abfederung«, erklärt er.

»Super. Es freut mich, dass du mit deinem Körper so im Einklang bist.«

»Das sollte jeder sein. Und tut mir echt leid für dich, du hattest dir sicher einen anderen Kerl an deiner Seite erhofft, hm? Einen sexy Muskelprotz oder so.«

Wie kommt er denn darauf? »Ach stimmt, du hältst mich ja für oberflächlich, siehe Nagellack und so. Also, mir wäre es recht, wenn ich jetzt Ruhe haben könnte«, sage ich bestimmt.

Wieder hat er dieses doofe Grinsen im Gesicht. »Um diesen Liebesroman zu lesen?« Er deutet auf das Buch, das neben mir liegt.

»Immerhin besser, als mich in der Realität mit dir herumzuschlagen.«

Okay, das war jetzt nicht nett von mir. Aber er schert sich ja auch nicht darum, was er mir alles an den Kopf wirft.

»Pass auf, von meiner Seite aus ist alles in Ordnung«, füge ich an. »Hast du nicht noch irgendwas zu tun, zu reparieren oder so?«

»Nein, heute ist mein freier Tag, den ich gut nutzen werde.«

Aha, damit hat er wohl schon begonnen, wenn ich an das Gestöhne von vorhin denke. Doch es ist sicher besser, wenn ich das nicht erwähne. Stattdessen antworte ich: »Ach so, und deswegen auch dein komisches Nacktyoga im Wasser, oder was auch immer das heute Morgen war? War wirklich super! Aber das machst du nicht wirklich jeden Morgen? Das war ein Scherz, oder?«

Er streicht sich durch den Bart. »Entschuldige, ich konnte ja nicht ahnen, dass du schon so zeitig am Fenster hängst. Und nur zu deiner Information: Das mache ich tatsächlich jeden Morgen.«

»Na, wunderbar. Ich wollte eigentlich morgens den Sonnenaufgang genießen, doch das kann ich dann wohl vergessen.«

Er zuckt mit den Schultern. »Na ja, kommt darauf an, was du sehen willst. Es zwingt dich ja niemand, auf meinen Hintern zu starren!«

Ich antworte nichts mehr, denn ich habe keine Lust auf Diskussionen. Wie auch immer, jetzt bin ich jedenfalls vorgewarnt. Ich schließe wieder die Augen, atme die Luft ein, lausche dem Rauschen der Wellen und …

»Ach, wie herrlich«, seufzt Keno nach kurzer Zeit, aber ich ignoriere ihn. Es ist wohl das Beste, wenn ich ihm keine Beachtung mehr schenke, dann habe ich wahrscheinlich am schnellsten meine Ruhe.

Doch weit gefehlt. »Puhhhhh, richtig warm heute. Ungewöhnlich wenig Wind, aber gut«, kommt es als Nächstes von ihm, dann folgt noch ein »Ohhhhh«.

Ich öffne die Augen und drehe mein Gesicht in seine Richtung. Unsere Blicke treffen sich. »Was ist denn?«, frage ich nun doch.

»Nichts. Schön ist es hier.«

»Sag mal, meinst du, du schaffst es, diese Schönheit schweigend zu genießen und sie nicht dauernd mit irgendeinem Stöhngeräusch zu kommentieren?«

Statt einer Antwort grinst er nur.

»Also sei entweder jetzt leise, oder leg dich ernsthaft woandershin. Keine Ahnung, warum du ausgerechnet hier liegen musst, obwohl du mich doch gar nicht hier haben willst.« Ich weiß, ich wiederhole mich, aber diesem Kerl kann man das vermutlich nicht oft genug sagen.

Ich schließe die Augen erneut und versuche, in einen entspannten Modus zu kommen. Und tatsächlich, in der nächsten halben Stunde – ich denke zumindest, dass es eine halbe Stunde ist – höre ich wirklich nichts mehr und kann einfach mal meine Seele mit den Wellen davontreiben lassen. Ich bin kurz davor, in einen dämmrigen Schlaf zu entgleiten, als …

Quietsch.

Und noch einmal.

Quietsch. Quietsch.

Genervt sehe ich mich um. Was macht er denn jetzt?

Er scheint irgendetwas aufzublasen. Sieht aus wie eine Luftmatratze. Oh Mann. Aber okay, wenigstens dürfte das gleich vorbei sein.

Von wegen. Als es nach einer kurzen Pause erneut quietscht, setze ich mich auf. »Was machst du da?«, frage ich.

»Wonach sieht es denn aus?«

»Nach Lärm!«

»Bin gleich fertig, Sonnenschein! Ich mache nur das Stand-up-Paddle startklar.« Keno zwinkert mir zu, und ich verschränke die Arme vor der Brust.

»Ganz ehrlich, ich bin durchaus ein Sonnenschein, aber warum sollte ich nett zu dir sein? Immerhin warst du ziemlich gemein zu mir. Und das, obwohl ich es wirklich versucht habe.«

»Na, du warst auch nicht gerade die Netteste.« Ich hebe eine Augenbraue, doch er sieht mich beschwichtigend an. »Jedenfalls haben wir jetzt zwei Möglichkeiten: Entweder wir streiten uns ewig weiter, oder wir lassen es sein und schließen Frieden. Was meinst du?«

»Ach, und warum willst du dich nicht mehr mit mir streiten? So ganz plötzlich?«

Er zuckt mit den Schultern. »Ehrlich gesagt ist es etwas anstrengend. Wenn ich gemein zu dir war, tut es mir echt leid. Besser?«

Was soll ich dazu sagen? Er scheint es ja wirklich ernst zu meinen. Ausgerechnet in diesem Moment fällt mir auf, wie tiefblau seine Augen sind. Eigentlich sind sie gar nicht so hässlich. Im Gegenteil, sie können sogar freundlich aussehen. Nicht so kalt.

»Meinetwegen«, antworte ich und versuche, so gelassen wie möglich zu klingen. »Schließlich hat jeder mal etwas schlechte Laune.«

Er nickt. »Jap, und von dir war es auch ziemlich gemein. Das mit der Frau und der Trennung. Also?«

»Also was?«

»Entschuldigung?«

Ich lache. »Echt jetzt? Na gut, du hast zwar angefangen, aber meinetwegen. Entschuldigung für diesen Spruch mit der Frau oder Freundin, das war echt nicht nett. Aber an Einsamkeit stirbst du ja wohl nicht.«

»Wie meinst du das?«

Doch ich winke ab. »Egal. Frieden?«

»Frieden! Ich gehe dann mal ins Wasser, willst du mit? Lust, das Ding hier mal auszuprobieren?«

Gut, heiß ist mir ja schon. Doch soll ich jetzt wirklich mit diesem Kerl ins Wasser gehen? Und dann noch auf so ein Stand-up-Paddle? Ehrlich gesagt wollte ich das immer gern mal machen.

»Na los, du willst es, ich kann es dir ansehen.« Er stupst mich in die Seite. »Und versprochen, ich beiße nicht. Das machen höchstens Fische, Krabben oder … ja, oder Krebse. Und Wasserflöhe natürlich auch.«

»Schon gut, ich komme ja mit. Aber das gilt erst mal nur für das Wasser, nicht für das Board.«

Ich stehe auf und gehe einfach los. Als ich nach ein paar Schritten merke, dass Keno nicht neben mir ist, schaue ich über die Schulter zurück. Er folgt mir mit ziemlichem Abstand, denn er schleift ja dieses Stand-up-Ding mit sich, das er eben aufgepustet hat. Am Meer angekommen, versucht er, sich daraufzustellen. Doch er kann sich nur kurz auf dem Board halten und lässt sich dann mit Indianergeheul ins Wasser fallen. Pitschnass und laut prustend taucht er nach ein paar Augenblicken wieder auf. Irgendwie sieht er echt witzig aus, wie ein Bär, den man mit dem Wasserschlauch abgespritzt hat.

»Lach nur, das ist gar nicht so leicht«, ruft er.

»Keine Ahnung, ich habe das noch nie gemacht.«

»Nicht? Also, das hätte ich jetzt schon gedacht. Willst du auch mal?«

Zögernd betrachte ich das Stand-up-Paddle, das er mit beiden Händen festhält. »Na ja, ich weiß nicht …«

»Überlege es dir, ich versuche es inzwischen einfach noch mal, dann kannst du dich wieder über mich lustig machen.« Er zwinkert mir zu.

So ein Quatsch. Ich will mich doch gar nicht über ihn lustig machen. Aber als er erneut ganz ungelenk vom Board fällt, muss ich trotzdem lachen.

»Na schön, dann probiere ich es auch mal«, sage ich, worauf er das Board zu mir herüberschiebt.

»Eigentlich ist es keine Hexerei. Du musst dich nur draufstellen und versuchen, es mit deinem Körpergewicht auszugleichen.«

Ich nicke nur, denn ich bin schon dabei, auf das Board zu klettern, was mir sogar gelingt. Gut, es ist wackelig, doch ich bin tatsächlich schon mal in der Hocke. Jetzt muss ich mich nur noch langsam aufrichten. Als ich - welch ein Wunder - auch das geschafft habe, macht mein Herz einen kleinen Satz.

»Wie cool, ich stehe wirklich!«, rufe ich, reiße die Hände hoch - und lande schon im nächsten Moment mit einem Platsch im kühlen Nass.

Keno lacht laut auf. »Der Anfang war gar nicht so schlecht, aber du hast dich zu früh gefreut.«

»Kann ich noch mal? Bitte.«

Er sieht mich lächelnd an, und mit einem Mal ist da etwas zwischen uns. Doch ich versuche schnell, es zu ignorieren.

»Klar kannst du.«

Schließlich probiere ich es wieder und wieder, bis ich sicher auf dem Board stehen kann. Ja, es macht wirklich Spaß. Auch Keno schafft es irgendwann, darauf zum Stehen zu kommen.

Die Zeit vergeht wie im Flug. Als wir später wieder auf unseren Decken liegen, kann ich es kaum fassen, dass wir mehr als eine Stunde mit dem Stand-up-Paddle im Wasser waren.

»Das war echt cool«, sage ich. »Ich wollte das ja schon immer mal ausprobieren, doch es hat sich nie ergeben.« Ich merke, wie gut es mir getan hat. Wer hätte das gedacht?

»Stimmt. Man sollte öfter mal Dinge tun, die man sonst nicht macht. Das habe ich mir auch für dieses Jahr vorgenommen.« Eine leichte Röte überzieht sein Gesicht.

»Ach ja? Gehört dazu auch, ab jetzt nett zu mir zu sein?«

Er lacht. »Ich dachte, wir haben Frieden geschlossen?«

»Stimmt, da hast du recht.«

»Ist das Buch gut?« Er deutet auf den Roman, den ich noch immer neben mir liegen habe.

»Na ja, ich bin noch nicht sehr weit. Sie will eigentlich gar nicht in den Urlaub, und der Kerl, dem sie begegnet, ist nicht sonderlich nett zu ihr.«

Keno grinst. »Das ist ja wie bei uns.«

»Nein.« Ich schüttele den Kopf. »Ich *wollte* in den Urlaub, und zwar dringend.«

»Klar, du meintest ja, weil bei dir alles so chaotisch war.«

Ich nicke. »Und weil es mal ein bisschen Meer sein sollte.«

Kurz liegt etwas Merkwürdiges in seinem Blick, das ich nicht deuten kann. »Dir gefällt es hier, oder?«, fragt er.

»Auf jeden Fall. Zumal ich jetzt ja entdeckt habe, dass du auch kein Arsch sein kannst.«

»Ach, wie nett.«

Belustigt schnippe ich ein bisschen Sand in seine Richtung. Ein paar Körner landen in seinen Brusthaaren. Die meisten Männer, die ich kenne, sind rasiert, haben eine gestählte, muskulöse Brust. Keno ist das ganze Gegenteil von ihnen, nicht der typische Kerl mit Modelmaßen. Auch wenn ich mir das nie vorstellen konnte, nachdem er so gemein zu mir war, finde ich ihn gerade gar nicht mal so unattraktiv.

Ach verdammt, was sind denn das für Gedanken? Schnell schiebe ich sie beiseite, merke aber, dass meine Wangen trotzdem heiß werden.

Keno legt den Kopf schief und sieht mich fragend an.

»Stören dich die Haare auf deiner Brust nicht?«, sage ich rasch, weil ich merke, dass ich irgendetwas von mir geben sollte.

Er lacht. »Nö, nicht wirklich. Ich weiß, alle sind immer glatt rasiert, doch ich mag mein Fell. Und so manche Frau steht auch auf ein Bäuchlein, nicht auf die harten Sixpacks. Zumindest mache ich mir nichts mehr draus. Ich habe mich lang genug gestresst, anderen zu gefallen. Aber ich bin eben so, wie ich bin.«

Ich spüre, wie ich rot werde, schon wieder. »So genau wollte ich es auch nicht wissen.«

»Ha! Doch, du wolltest, sonst hättest du nicht gefragt.« Er grinst mich an und will wohl noch etwas hinzufügen, aber sein Handy beginnt zu klingeln.

Ehe ich auf dem Display irgendetwas erkennen kann, schnappt er sich das Telefon und geht ran. »Jap! … Hey, ja. … Nein, bin gerade am Strand. … Klar, können wir machen, ich komme gleich vorbei. Ich freu mich.« Dann legt er auf. »So, ich muss leider mal los, aber wenn du morgen wieder üben willst, sag Bescheid. Ansonsten ein kleiner Tipp: Creme dich mal richtig ein, sonst hast du heute Abend einen echt fetten Sonnenbrand. Deine Nase sieht schon ziemlich rot aus.«

Als ob. »Erstens bin ich wie gesagt bereits eingecremt, und zweitens bin ich ein dunkler Typ, das kann mir also gar nicht passieren.«

»Na schön, dann viel Spaß noch. War wirklich lustig.« Er steht auf, greift mit einem Lächeln nach dem Stand-up-Paddle und schleift es hinter sich her zu seinem Haus.

Mit gemischten Gefühlen sehe ich ihm nach. Was er wohl jetzt macht? Keine Ahnung, und es geht mich auch nichts an. Ich bin jedenfalls erleichtert, dass wir nicht versucht haben, uns gegenseitig unter Wasser zu tauchen und zu ertränken. Irgendwie war es wirklich ganz lustig. Ja, irgendwie …

Auch wenn Keno einen kleinen Bauch hat, sein Rücken ist echt ganz hübsch geformt, und breite Schultern hat er auch …

Reiß dich zusammen, Kati!

Und überhaupt, warum schaue ich ihm schon wieder nach?

Ich stoße einen leisen Seufzer aus, ehe ich mich wieder hinlege, die Augen schließe und noch für eine Weile dem Rauschen der Wellen zuhöre.

Irgendwann wird es Zeit, meine Sachen zusammenzupacken. Als ich mein Buch in die Tasche stecke, kommt mir ein Gedanke: Ich bin gespannt, wie diese Geschichte weitergeht.

Ich habe noch nie …

»Ich kann nicht aus dem Haus, Nele, ich habe den Sonnenbrand des Todes auf der Nase!«, rufe ich entnervt ins Handy und betrachte mich dabei im Spiegel. Als ich vom Strand zurück ins Haus kam, legte ich mich kurz hin, und als ich wieder aufwachte, war ich einfach mal krebsrot.

»Ach herrje, hast du dich nicht eingecremt?«

Ich rolle mit den Augen. Natürlich hatte ich mich eingecremt, aber konnte ich denn ahnen, dass die Sonne hier so aggressiv ist? Gut, Keno hat mich noch darauf hingewiesen, und ich habe ihn wegen seiner weißen Schmiercreme belächelt. Doch wie auch immer, jetzt ist es zu spät.

»Willst du dann heute Abend wirklich nicht essen gehen?«, fragt Nele.

Eigentlich hätte ich schon Hunger, aber Weggehen kommt definitiv nicht infrage. »Auswärts auf keinen Fall. Aber was hältst du davon, wenn du mit Fiete zu mir kommst? Wir könnten doch hier kochen oder uns etwas liefern lassen.«

»Warum eigentlich nicht?«, antwortet sie spontan. »Das ist auch eine schöne Idee, sich auf die Terrasse zu setzen, den Sonnenuntergang anzuschauen und ein Weinchen zu schlürfen, vielleicht auch zwei.«

»Sage ich doch. Ich habe im Supermarkt sowieso ein bisschen was eingekauft, damit zaubern wir einfach was. Wir könnten Pasta mit Tomatensoße und Lachs kochen«, schlage ich vor. »Was hältst du davon? Und hier ist es wirklich schön.«

»Klingt doch super. Dann machen wir das so. Sagen wir um sieben?«

»Sieben ist perfekt.«

Nachdem wir aufgelegt haben, packt mich auf einmal die Lust aufs Kochen. Ich könnte ja schon mal anfangen, dann geht es nachher schneller. Sicher haben Nele und Fiete nach einem langen Arbeitstag Hunger. Also gehe ich in die Küche, schneide Tomaten und Zwiebeln und fange an, die Soße zuzubereiten. Bald duftet es im ganzen Haus lecker nach Gemüse, Weißwein und Gewürzen.

Als es kurz vor sieben ist, setze ich einen Topf mit Wasser für die Nudeln auf. Kochen will ich sie aber erst, wenn Nele und Fiete da sind.

Punkt sieben klingelt es, die beiden sind echt pünktlich.

»Auweia«, ruft Fiete, als ich die Tür öffne. »Was ist denn mit deiner Nase passiert?«

Ich winke ab. »Rot wie die von Rudolph dem Rentier. Oder rot wie ein Krebs, das passt besser zum Meer.«

Nele lacht und hebt eine Flasche Wein hoch. »Wir haben gedacht, wir bringen die noch mit.«

»Super«, antworte ich. »Ich glaube, das Nudelwasser kocht jetzt. Ich werde dann mal das Essen fertig machen, geht ihr doch inzwischen schon auf die Terrasse.«

»Soll ich dir helfen?«, ruft Nele mir nach, während ich auf dem Weg in die Küche bin.

»Nein, nein, nicht nötig, ich muss nur noch die Nudeln kochen.«

Als ich etwas später mit dem Essen auf die Terrasse trete, stehen die beiden eng umschlungen da und blicken aufs Meer. Ein kurzer Stich fährt in meine Brust. Nicht, dass ich ihnen ihr Glück nicht gönne. Aber ich spüre doch etwas Wehmut in mir, eine Sehnsucht nach etwas, das ich immer mehr vermisse.

»Das haben wir doch prima ausgesucht, oder?«, fragt Nele. »Klar, am Ende war es Schicksal, dass du ein anderes Haus bekommen hast, aber dann hat eben das Schicksal seine Sache gut gemacht. Ich meine, es ist ja so traumhaft schön hier. Du kannst gleich morgens nach dem Aufstehen schwimmen gehen. Oder auch noch am Abend, so wie der Kerl da.«

Was hat sie gesagt? So wie der Kerl da? Ich trete einen Schritt nach vorne, sodass ich aufs Wasser blicken kann – und tatsächlich, ich sehe ihn. Zwar nur von hinten, aber …

»Schaut nicht so auffällig hin, das ist Keno, ihr wisst schon, mein nerviger Nachbar«, flüstere ich. »Sicher ist er wieder nackt, er hat so eine spezielle Leidenschaft dafür.«

Nele lacht. »Also, ich habe schon mal einen Penis gesehen.«

»Und ich habe einen«, ergänzt Fiete. »Also ist alles gut.«

»Ihr seid doof«, sage ich und verdrehe die Augen. »Ihr wollt ihn doch nicht wirklich nackt sehen?«

»Nun, ich würde schon gern wissen, von wem du nachts träumst.« Nele zwinkert mir zu, und ich starre sie mit weit aufgerissenem Mund an. Hat sie das allen Ernstes in Fietes Gegenwart gesagt?

»Was? Ich, also …«

»Dafür brauchst du dich nicht zu schämen, da ist doch nichts dabei«, kommt es jetzt auch noch von ihr.

Von wegen da ist nichts dabei, ich könnte sie gerade erwürgen.

Fiete lächelt. »Wirklich, wir haben doch alle mal Träume, und du träumst eben von deinem Nachbarn.«

»Ich habe nicht von Keno geträumt, weil ich ihn heiß finde«, verteidige ich mich. »Gut, ich habe im Traum mit ihm rumgemacht, aber das war doch nur, weil ...« Mit einem Mal erstarre ich, denn ausgerechnet in diesem Moment geht ein Kerl an uns vorbei und sieht neugierig zu mir herüber. Das ist Keno! Der Typ im Wasser ist also gar nicht er!

Oh mein Gott, wo ist bitte das nächste Loch, in das ich versinken kann? Wo ist ein Tsunami oder ein Wirbelsturm, wenn man ihn dringend braucht? Ein blöder Gedanke, ich weiß, doch gerade ist es mir einfach unendlich peinlich.

»Ach du Scheiße«, ruft Keno, und ich sehe ihn entgeistert an. Was soll das denn heißen? Meint er etwa das, was ich gerade über meinen Traum hinausposaunt habe, oder meinen Sonnenbrand, mich im Allgemeinen ...

Er kommt noch etwas näher und deutet auf mein Gesicht. »Oh, oh! Deine Nase hat's echt voll erwischt, aber ich hab dich ja noch gewarnt.«

Okay, er meinte also »nur« meine Nase.

Im Gegensatz zu mir ist Keno schön gebräunt. Keine Spur von einem Sonnenbrand. Dabei habe ich mich noch über ihn und sein weißes Schmierzeug lustig gemacht. Doch langsam wird mir klar, dass ich seinen Rat wohl besser befolgt hätte.

Ich winke ab. »Ach, halb so wild, man sieht es doch kaum.«

Prompt sehen mich alle an und lachen.

»Nein, praktisch gar nicht«, meint Nele kichernd. »Sagen wir es so, hätte der Finger von E.T. die gleiche Farbe gehabt wie deine Nase, könnte sie jetzt nach Hause telefonieren.«

Fiete nickt. »Oder als Vorbild für Feuerwehrautos herhalten.«

»Ihr seid ja alle so witzig.« Ich seufze gespielt laut.

»Ich habe da echt 'ne super Salbe, ich hole sie schnell«, ruft Keno. Ehe ich eine Antwort geben kann, hat er sich schon abgewandt und läuft hinüber zu seinem Haus.

Nele sieht ihm grinsend nach. »Was sollte das denn heißen, er hat dich gewarnt?«, fragt sie.

»Na ja, wir haben uns heute zufällig am Strand getroffen und da ...«

Sie stemmt die Hände in die Hüften. »Ach, und warum weiß ich davon noch nichts?«

»Weil ich ... erstens war es mir nicht so wichtig, und außerdem hätte ich es dir schon noch erzählt. Aber erst muss ich mal den Weinkühler und Gläser aus der Küche holen.«

Auf dem Weg ins Haus lobe ich mich selbst für meinen Geistesblitz. Wenigstens habe ich jetzt kurz meine Ruhe vor Neles neugierigen Fragen.

Doch ich habe die Rechnung ohne meine Freundin gemacht, denn sie ist mir natürlich gefolgt.

»Also sag schon, was ist da los mit euch beiden?«, will sie wissen, kaum dass sie die Küche betreten hat.

»Nichts. Ich war am Strand, er hat sich direkt neben mich gelegt, wir haben geredet, er hatte auch sein Stand-up-Paddle mitgebracht. Aber dann hat ihn jemand angerufen, und er musste weg.« Ich ziehe die Stirn in Falten.

»Und das beschäftigt dich, hm? Neugierig, wo er hingegangen ist?«

Bei ihrer Frage zucke ich innerlich zusammen, lasse es mir jedoch nicht anmerken. »Natürlich nicht«, antworte ich nur, dann drücke ich Nele den Weinkühler in die Hand, nehme drei Weingläser aus dem Schrank und verlasse ohne ein weiteres Wort die Küche.

Draußen werde ich von Keno empfangen, der mir eine Tube mit Salbe entgegenstreckt.

»Danke, superlieb von dir«, sage ich und mustere die Tube. Diese Salbe haben wir auch immer in der Praxis benutzt, wenn ein Patient wegen eines Sonnenbrands behandelt werden musste. Natürlich muss ich nun gleich wieder an Richard denken, doch ich versuche, es nicht zu sehr an mich heranzulassen.

Nele beschäftigt hingegen etwas ganz anderes. »Hast du schon gegessen, Keno?«

Er schüttelt den Kopf. »Nein, noch nicht.«

»Na, dann bleib doch hier. Das Essen reicht sicherlich auch für vier Leute, oder?«, fragt sie mich.

Was soll ich dazu jetzt sagen?

»Ja, also … klar.« Ich lächle und Keno ebenfalls.

»Gern, da sage ich nicht Nein.«

Ein paar Minuten später sitzen wir alle vier am Tisch und genießen unser Essen. Während die anderen sich ihrer Pasta und dem Wein widmen, ertappe ich mich dabei, wie ich stirnrunzelnd mein Spiegelbild in der Klinge meines Messers betrachte. Irgendwie ist das eine merkwürdige Eigenart von mir.

»Sehe ich wirklich so scheiße aus?«, frage ich.

Die anderen lachen. »Nein, superschön«, meint Nele.

»Finde ich auch.« Keno zwinkert mir zu. »Darauf sollten wir trinken.«

Nachdem wir angestoßen haben, mache auch ich mich ans Essen. Es schmeckt herrlich, und ich bin wirklich froh, dass wir uns dazu entschieden haben, den Abend ganz gemütlich bei mir zu verbringen. Auch wenn es keineswegs so geplant war, ist es mit Keno doch erstaunlich lustig. So doof, wie wir uns ursprünglich fanden, so amüsant ist es jetzt geworden.

Als wir fertig sind, räumen wir alle zusammen den Tisch ab und setzen uns dann wieder nach draußen. Die Sonne ist bereits untergegangen, und wir stellen ein paar Kerzen gegen die Mücken auf, wobei sich hier gar nicht so viele tummeln, wie ich dachte.

Auf einmal beginnt Nele zu kichern. »Echt witzig«, sagt sie zu Keno. »Gestern meinte Kati noch, du wärst der fieseste Kerl unter der Sonne. Halt, ich korrigiere mich, das war heute Morgen.«

Ich ramme unter dem Tisch mein Knie gegen ihres. »Vielen Dank auch!«

Keno grinst. »Ich muss zugeben, ich war auch nicht besonders nett. Genauer gesagt waren wir das beide nicht, aber …«

Verblüfft sehe ich ihn an. »Wir beide? Wie bitte?«

»Na ja.« Er zuckt mit den Schultern. »Egal, heute haben wir erst mal das Kriegsbeil begraben, oder?«

»Du hast nur Glück, dass ich so nachgiebig und hilfsbereit bin«, entgegne ich.

»Das ist sie wirklich«, pflichtet Nele mir bei. »Kati macht immer so viel für andere. Aber sie vergisst sich selbst dabei, deswegen hast du ehrlich gesagt Glück, sie als Nachbarin zu haben. Und dass sie überhaupt hier ist!«

Oh Mann, Nele. Ich winke ab und nehme einen Schluck von meinem Wein, doch Nele lässt sich nicht beirren. »Und was du zu ihr gesagt hast, war echt nicht okay. Du weißt schon, was ich meine.«

Keno streicht sich über das Kinn. »Ja, das war tatsächlich nicht in Ordnung. Ich entschuldige mich noch mal dafür. Ich war einfach so überfahren in dem Moment.«

»Entschuldigung angenommen«, antwortet Nele, ehe ich es tun kann.

Fiete lacht. »Schön, dass du für Kati sprichst, meine Liebe.«

»Ich wollte es nur noch mal gesagt haben.«

Glücklicherweise möchte Keno nun wissen, wie es dazu kam, dass Nele jetzt hier lebt. Damit nimmt er die allgemeine Aufmerksamkeit von mir, und ich atme innerlich auf. Nele und Fiete erzählen ausführlich und ziemlich lebhaft, wie sie sich kennengelernt haben. Es wirkt beinahe so, als wollten sie sich dabei gegenseitig ausstechen, was mir immer wieder ein Lächeln auf die Lippen zaubert.

»Das ist wirklich eine tolle Liebesgeschichte, oder?«, frage ich in die Runde, als sie geendet haben. »Das Leben kann so schön sein.« Keine Ahnung, warum ich das sage, es kommt auf einmal über mich. Vielleicht, weil mich der ganze Augenblick so greift.

»Natürlich.« Nele zwinkert mir zu. »Und auch für dich hält das Leben etwas Schönes bereit, du wirst sehen. Ich meine, du bist am Meer, in einem süßen Haus und hast einen Nachbarn, der sich nun doch als ganz nett entpuppt hat. Das klingt nach einer tollen Geschichte, so was liest du doch sowieso gern. Ich sage nur Romantik und so.«

Sofort spüre ich, wie ich leicht rot um die Wangen werde. Mist.

Keno lacht. »Stimmt, das habe ich auch schon mitbekommen.«

»Ihr findet das jetzt besonders witzig, oder?«, frage ich.

»Absolut.« Nele grinst. »Ich ziehe sie nur gern auf und will sie zum Lachen bringen«, erklärt sie Keno. »Es ist einfach höchste Zeit nach dem ganzen Chaos, wobei das eigentlich nicht das passende Wort ist …«

Rasch werfe ich ihr einen energischen Blick zu, und sie versteht. Ich will nicht, dass sie meinen Seelenschmerz vor Keno ausbreitet. Die Sache mit Richards Tod und auch das mit Christopher. Irgendwie möchte ich jetzt nicht diejenige sein, die die Stimmung drückt.

Kurz trifft Kenos Blick meinen. Er wirkt, als würde er schon gern wissen, was Nele gemeint hat, aber er hakt nicht weiter nach. Stattdessen sagt er: »Ja, ich kenne das. Es gab auch bei mir eine Zeit, in der ich mich sehr gestresst habe, und irgendwann war es einfach zu viel. Doch dann bekam ich einen Schubs von einem wirklich lieben Menschen. Manchmal braucht man das einfach.«

»Sag nicht, du warst früher noch freundlicher«, scherze ich.

»Ich war sehr freundlich«, antwortet Keno mit ernster Miene. »Spaß. Nein, irgendwann muss man einfach loslassen, denn der Alltag und auch alles andere im Leben nimmt einen oft gefangen. Das habe ich dann auch gemacht. Und ich habe darauf gehört, was ich mir so wünsche.«

»Das ist auch wichtig«, sagt Nele und sieht mich an. »Wisst ihr was? Machen wir ein Spiel daraus. Jeder verrät jetzt einen kleinen Wunsch, ja? Etwas, das er gern mal tun würde.« Sie deutet auf mich. »Du bist als Letzte hierhergekommen, du fängst an.«

Ich atme tief durch. »Vielleicht ist das albern, und es ist auch nur eine Kleinigkeit, aber ich würde einfach gern mal am Strand auf einer Decke sitzen und Wein trinken. Das würde ich mir in dieser Woche schon noch gern erfüllen.«

»Das klingt doch gut.« Nele nickt mir zu. »Und ich würde gern mal wieder nackt im Meer schwimmen, zusammen mit dir, Fiete.« Sie zieht ihn an sich und drückt ihm ein Küsschen auf die Lippen.

Keno hebt die Hand. »Das mache ich jeden Morgen. Stimmt's, Kati?«

»Ja, absolut. Das habe ich übrigens den beiden schon erzählt.« Jetzt lachen alle. »Und was ist mit dir, Keno?«

»Gute Frage.« Mit einem Mal wirkt er nachdenklich. Sein Blick gleitet über das Haus, und ich frage mich, ob sein Wunsch wohl etwas damit zu tun hat.

»Dir fällt nichts ein?«, hake ich nach.

»Ich überlege noch ...«

Auf einmal beginnt Fiete zu gähnen. »Sorry, Leute, ich muss morgen früh raus. Seid mir nicht böse, ich sollte mich echt auf den Weg ins Bett machen. Aber lass dir eines gesagt sein, Keno, beim nächsten Mal bist du dran.«

Keno grinst und hebt die Hand. »Hey, du hast auch nichts gesagt.«

Fiete nimmt Neles Hand. »Ich will nichts mehr, als mit dieser Frau heute einzuschlafen. Das ist mein Wunsch. An jedem Tag.«

Nachdem sich die beiden von Keno verabschiedet haben, begleite ich sie noch bis zur Haustür, wo Nele mich in die Arme nimmt. »War echt ein schöner Abend«, meint sie.

»Ja, hat echt Spaß gemacht.«

»Und Keno ist nett.« Sie wackelt gespielt mit dem Zeigefinger.

»Ja, ja. Los jetzt, nach Hause mit euch!«

Nachdem ich die Tür hinter den beiden geschlossen habe, lehne ich mich kurz von innen dagegen. Ja, Keno ist nett, und der Abend war es bisher auch.

Schließlich gehe ich wieder hinaus auf die Terrasse und setze mich zu Keno. »Danke für die Salbe, meine Nase fühlt sich schon viel besser an. Und auch für den Abend, es war wirklich lustig.«

Einen Moment lang liegen unsere Blicke intensiv aufeinander. Dann winkt Keno ab und neigt den

Kopf leicht zur Seite. »Nichts zu danken. Und was machen wir jetzt?«

»Wieso? Was meinst du?«, frage ich erstaunt. Eigentlich dachte ich, dass er sich jetzt auch verabschieden will.

»Na ja, wenn du möchtest, können wir gern unten am Strand noch ein Glas Wein trinken. Sagtest du nicht, das würdest du gern mal tun?«

»Schon. Und du meinst wirklich jetzt gleich?«

»Warum nicht? Gerade jetzt könnte es doch schön sein, oder?«

Eigentlich sollte ich Nein sagen, ich kenne ihn doch kaum. Ich weiß auch überhaupt nicht, welche Absichten er verfolgt. Aber der Gedanke, nachts am Strand zu sitzen und ein Glas Wein zu trinken, ist schon verlockend.

Einen Moment überlege ich noch, dann nicke ich. »Ich hole uns mal eben eine Decke. Nimmst du den Wein und die Gläser mit?«

Wie ein dunkler Teppich liegt das Meer vor uns, als ich die Decke, die ich mitgebracht habe, im Sand ausbreite und Keno und ich uns darauf niederlassen.

Man sagt ja immer, dass das Meer beruhigend auf uns Menschen wirkt. Dem kann ich nur zustimmen. Ob es vielleicht daran liegt, dass wir, wenn man der Evolutionstheorie Glauben schenken mag, aus dem Meer stammen? Ich weiß es nicht.

Keno hebt sein Glas. »Also dann, auf deinen Urlaub, Kati. Auf mehr …«

Unsere Gläser klirren aneinander, und wir trinken einen Schluck. »Der schmeckt wirklich lecker«, sage ich. »Und am Meer zu sein, tut unheimlich gut. Ich glaube, man kann sich nirgendwo so entspannen wie hier.«

»Du hattest also viel Stress zu Hause?«, fragt Keno. »Sorry, dass ich so neugierig bin, aber ich habe das vorhin aus deiner Unterhaltung mit Nele herausgehört. Und du hattest es ja auch schon mal angedeutet.«

Ich lege den Kopf in den Nacken und atme tief durch. »Das stimmt schon, manchmal wächst einem alles über den Kopf. Ich hatte in letzter Zeit echt ziemlich viel Stress, vor allem emotionalen …«

»Erzähl, ich bin ganz Ohr.«

Kurz überlege ich, dann sehe ich Keno an. »Mein Chef ist gestorben, er war herzkrank, und ich mochte ihn sehr. Das hat mir unheimlich zugesetzt.«

»Oh, tut mir sehr leid. Wart ihr … auch privat zusammen?«

Ich winke ab. »Nein, nein, er war eher wie ein Vater für mich. Und dann war da noch der Kerl, mit dem ich was hatte. Das war so was von bescheuert …« Ich berichte ihm von dem Vorfall an der Fleischtheke.

Als ich geendet habe, nickt Keno nachdenklich. »Ein klassischer Gefühlszusammenbruch, wenn alles zu viel ist. Ich kenne das.«

»Ehrlich?«

»Ja, so ähnlich ging es mir auch. Ich war immer nur unter Strom, bis es eines Tages nicht mehr ging. Nach der Trennung war ich gezwungen, mich neu zu sortieren. Vor einem Jahr bin ich dann raus aus der Stadt, habe das Haus hier am Meer gemietet und es renoviert. Hier habe ich die Ruhe gefunden, die mir so guttut.«

»Mir tut es auch sehr gut, hier zu sein. Mein Chef hat mir oft gesagt, dass ich mal wieder ans Meer fahren soll. Wir haben häufig darüber gesprochen. Und über Liebesromane. Er war wohl der einzige Mann, den ich kannte, der gern solche Geschichten gelesen hat.« Lächelnd drehe ich das Glas in meiner Hand. »In der Praxis hatten wir auch ein paar Bilder vom Meer hängen, damit die Patienten sich wohler fühlten.« Ich seufze leise. »Hier hätte es meinem Chef gefallen. Schade, dass ich ihm nicht mehr davon erzählen kann.«

Ich hebe den Kopf, und unsere Augen treffen sich. »Tut mir leid wegen dem Spruch mit dem Nagellack«, sagt Keno. »Ich war an dem Tag einfach wütend und habe es an dir ausgelassen.«

»Verziehen.«

Er hebt sein Glas. »Auf deinen früheren Chef.«

Ich lächle. »Ja, auf ihn!«

Wir stoßen an und trinken noch einen Schluck. Dann blicke ich in den Himmel, der von Sternen übersät ist. Ausgerechnet in diesem Moment zieht eine Sternschnuppe über uns hinweg.

»Hast du das gesehen?«, frage ich aufgeregt.

»Ja. Hast du dir was gewünscht?«

»Nein, ehrlich gesagt ging es zu schnell. Und du?«

Lachend schüttelt Keno den Kopf. »Das ging mir genauso.«

»Apropos, weil wir vorhin über unsere Wünsche gesprochen haben. Du hast mit der Antwort so gezögert«, sage ich.

»Nun ja, ich … ich erzähle es dir irgendwann, ja? Wenn es an der Zeit ist.«

»Oh, wie geheimnisvoll.« Ich lächele ihm zu.

Mit einem Mal liegt eine unglaubliche Spannung in der Luft. Ein Kribbeln und Knistern, das beinahe schon greifbar ist. So wie das Rauschen der Wellen. Ist das nicht bescheuert? Ich kenne diesen Mann nicht, er ist eigentlich überhaupt nicht mein Typ. Zudem fand ich ihn bis heute Morgen ziemlich gemein. Es ist schon verrückt, dass wir hier zusammensitzen, jedoch so verdammt gut verrückt.

»Du magst also Liebesromane?«

Ich weiß nicht, wie er ausgerechnet jetzt darauf kommt, doch ich nicke. »Ganz ehrlich, ich liebe diese

Romane. Aber wann passiert so was schon im echten Leben? Ehrlich gesagt ist es ja meistens ziemlich kitschig und zu viel, das habe ich vor einiger Zeit auch zu meinem Chef gesagt. Doch er meinte, man braucht diesen Zuckerguss fürs Herz. Und weißt du, was er mich noch gefragt hat?«

Keno schüttelt den Kopf.

»Ob ich, wenn ich ein Buch sein könnte, lieber ein schnödes, nüchternes Sachbuch oder ein richtig schöner, schnulziger Liebesroman wäre.«

»Und wofür hast du dich entschieden?«

»Natürlich wäre ich lieber ein kitschiger Liebesroman. Der würde dann wohl am Meer spielen, am liebsten in einem süßen, bunt gestrichenen Häuschen und mit viel Liebe. Mein Chef meinte immer, dass es im Leben ruhig ein bisschen mehr sein darf.« Ich winke ab. »Tut mir leid, ich war mit meinen Gedanken woanders.«

»Soll ich dir was sagen? Wenn ich mir das so ansehe, dann bist du praktisch schon mittendrin in einer solchen Geschichte, oder? Du bist am Meer in einem hübschen Häuschen, um das sich auch noch eine Legende rankt …«

»Du weißt davon?«

Er lächelt. »Ich habe zumindest davon gehört.«

»In meinen Augen ist das eine nette Geschichte, mehr nicht. Und das mit der Farbe und der Liebe …« Ich winke ab.

»Aber was nicht ist, kann ja noch werden.«

»Ach ja?«

»Ich finde schon.«

Unsere Blicke verbinden sich und liegen intensiv aufeinander. Auweia!

»Wir sind betrunken, Keno, ich glaube, wir reden nur Unsinn. Lass uns mal wieder zurückgehen, ich sollte wirklich langsam ins Bett. Außerdem ist die Weinflasche längst leer.«

Keno nickt. »Na schön, vielleicht hast du recht.«

Während er aufsteht, die Gläser und die Flasche nimmt, falte ich die Decke zusammen und spüre dieses Kribbeln. Dieses erwartungsvolle Prickeln. Oh Mann.

Wir stapfen durch den Sand zurück zu meinem Häuschen. Auf der Terrasse bleiben wir stehen.

»Es war ein schöner Abend«, sagt Keno. »Vor allem, wenn man bedenkt, wie es mit uns beiden angefangen hat.«

»Stimmt, zumal du ja auch sagtest, ich sollte nicht hier sein.«

Er lacht. »Das werde ich nicht mehr los, oder? Ich nehme es hiermit ganz offiziell zurück. Aber bei der Behauptung, dass du nicht lesen kannst, bleibe ich nach wie vor.«

»Keno, Keno, ich dachte, wir hätten das Kriegsbeil begraben und wollten uns nicht mehr beleidigen?«

»Das war keine Beleidigung, sondern eine Feststellung.« Er tippt sich an die Nase. »Die durchaus ihre Berechtigung hat. Die Cremetube, die heute Mittag am Strand neben deiner Tasche lag, war nämlich eine ganz normale After-Sun-Lotion. Von Lichtschutzfaktor weit und breit keine Spur. Wenn du dich damit eingecremt hast … oh weh.«

Natürlich habe ich die richtige … Verdammt, doch. Ich hatte nur diese eine Creme am Strand dabei. Da hatte ich beim Packen wohl zur falschen Tube gegriffen. Mist.

Unabhängig davon hätte Keno mich doch gleich darauf hinweisen können. Stattdessen hat er ganz gelassen zugesehen, wie ich den Megasonnenbrand bekomme. Das geht echt zu weit! »Was? Und das sagst du mir erst jetzt? Das nennt man vorsätzliche Körperverletzung!«

Er zuckt mit den Schultern. »Du hast gesagt, du hättest dich richtig eingecremt. Woher sollte ich wissen, dass du ausgerechnet die Creme aus dieser Tube genommen hast? Es hätte ja durchaus sein können, dass du noch eine andere Creme in deiner Tasche dabeihast. Eigentlich sollte man davon ausgehen können, dass du weißt, was du tust. Wobei wir wieder bei der Sache mit dem Lesen wären.«

Erneut liegen unsere Blicke etwas zu intensiv aufeinander. Verdammt.

»Wie war das eigentlich noch mal? Du hast von mir geträumt?«, fragt er und wechselt damit abrupt das Thema.

Mist, hat er es also doch mitbekommen!

»Ähm, nein, es war nur ein Albtraum wegen unseres Streits. Mir geht so was immer total auf ...« Ja, auf was denn?

»Ach so, okay. Aber so wie ich es verstanden habe, haben wir im Traum zusammen rumgemacht. Und dann ist da ja noch das Haus und diese Legende ...«

Jetzt werde ich schon wieder rot im Gesicht – wenn das bei meinem Sonnenbrand überhaupt noch möglich ist. »Keno, es war ein Albtraum! So was wird niemals wahr!«

Er grinst.

»Nein, wirklich, das war doch nur, weil ...« Ich winke ab. »Außerdem bist du gar nicht mein Typ, absolut nicht. Und du bist mit Frauen offensichtlich gut versorgt. Du hattest ja heute erst Besuch und ...«

Er lacht laut auf, und ich schlage mir rasch die Hand vor den Mund. Habe ich das tatsächlich von mir gegeben? Dieser blöde Wein.

»Kati, Kati, hast du mich schon wieder beobachtet?«

»Nein, das habe ich nicht! Aber es war nicht zu überhören.«

Er nickt. »Stimmt, das war schon ziemlich laut. Sorry. Wir üben noch.«

Idiot. Angeber. Wenn ich nur daran denke, wie er heute neben mir am Strand herumgestöhnt hat …

»Bitte erspare mir die Details.« Ich hebe die Hand und will ihn wegschieben, doch sie landet zufällig auf seiner Brust. Hm, das fühlt sich gar nicht mal so schlecht an. Haarig, aber gut. Sanft streichle ich darüber.

Was tue ich denn da? Der Kerl ist doch echt nicht mein Typ, so ganz und gar nicht. Ich will die Hand wegziehen, aber irgendwie gelingt es mir nicht. Es ist wie eine merkwürdige Magie, die mich zu ihm hinzieht.

Und wieder treffen seine Augen auf meine. Diese tiefblauen Augen, die wirklich hübsch sind, das muss ich schon zugeben. Der Bart … na ja, aber irgendwie hat er auch was.

Verlegen stammele ich: »Ich habe noch nie einen Mann mit so einem Bart ge…«

»Ge… was?«

Schnell überlege ich, wie ich mich aus dieser Peinlichkeit retten kann. »Gekannt!«

Er schmunzelt. »Ich habe auch noch nie eine Frau mit einer Leseschwäche ge…«

»Ge… was?«

»Gekannt.«

Wir sind uns viel zu nah. Irgendetwas passiert da gerade, und ich weiß nicht, ob es gut ist oder schlecht. Nur, dass es passiert. Mein Herz pocht viel zu schnell in meinem Brustkorb. Viel zu stark braust es auf, so wie die Wellen des Meeres während eines Sturms.

Es darf ruhig mal ein bisschen mehr sein, Kati. Richards Worte huschen durch meinen Kopf, während Keno sich nun langsam nach vorne beugt und mich fragend ansieht.

Und dann legen sich unsere Lippen aufeinander. Keine Ahnung, wie das passieren konnte, jedenfalls küssen wir uns. Sein Bart kratzt an meiner Wange, und ich lege die Hand um seinen Nacken. Immer wieder berühren sich unsere Münder ganz sanft. Auf einmal ist da eine Hitze in mir, die sich anfühlt wie die Sonne, die heute die Wassertropfen auf meiner Haut getrocknet hat. Eine wohlige Wärme, die jetzt allerdings nicht von der Sonne ausgeht, sondern von Kenos Lippen.

Doch irgendwann bekomme ich wieder einen klaren Kopf. Das sollten wir nicht tun, oder? Also trete ich ein Stückchen zurück. »Weißt du, du bist echt nicht mein Typ, und das hier ist kein kitschiger Liebesroman …«

Ich muss zugeben, es hat sich dennoch gut angefühlt. Kann das sein? Auch wenn man den anderen gar nicht so anziehend findet?

»Aber zur Sicherheit würde ich es gern noch mal probieren«, flüstere ich.

Und schon zieht Keno mich an sich und küsst mich wieder.

Diesen Zuckerguss fürs Herz
braucht man doch.

Das Glück kommt oft unerwartet

»Nicht dein Ernst!«, ruft Nele so laut, dass ich mein Handy ein Stück vom Ohr weghalten muss. »Ihr habt also wirklich rumgemacht, nachdem wir weg waren?«

Was soll ich darauf antworten? Ich kann es ja selbst noch nicht glauben. »Ja, genau wie in meinem Traum. Gut, ohne den Leuchtturm, dort waren wir im Traum ja auch. Aber egal. Und das ist alles nur deine Schuld.«

»Wieso meine Schuld?«

»Na, wer hat mir denn immer vorgequatscht, dass ich ein Abenteuer brauche?«

»Vielleicht war es auch die Magie des Meeres«, entgegnet sie.

»Wohl eher die Magie des Weines. Wir haben über Liebesgeschichten geredet und … Ach, frag mich nicht.« Ich seufze und blicke auf das Chaos, das Keno und ich im gesamten Haus hinterlassen haben.

Durch meinen Kopf geistern wieder diese Bilder. Wie intensiv er mich geküsst und auf den Tisch gehoben hat. Wie seine Küsse sich an jeder Stelle meines Körpers angefühlt haben. Es war irgendwie … animalisch, verdammt. Noch nie habe ich so etwas Gutes erlebt.

Nele lacht. »Also, ich finde das nicht wirklich schlimm. Keno ist doch total nett. Und dann habt ihr auch noch am Strand was getrunken. Das war eben romantisch. Aber wo ist Keno jetzt überhaupt? Schon wieder bei sich zu Hause?«

»Dreimal darfst du raten.« Ich wage einen Blick aus dem Fenster und beobachte Keno, der gerade nackt im Meer schwimmt. Ich mustere seinen Körper, die Haare auf seiner Brust, die ich heute Nacht gestreichelt habe, und atme gefühlt seinen Duft ein. Es war gut, es war schön. Doch was jetzt? Wird es nun supermerkwürdig sein zwischen uns? Bestimmt.

»Hm, ich habe keine Ahnung«, sagt Nele.

»Er badet nackt im Meer. Was sonst?«

»Echt jetzt?« Sie lacht ausgelassen.

»Ja, echt jetzt.«

»Dann könnt ihr doch sofort eine weitere Runde einlegen, sobald er zurückkommt.«

»Bist du verrückt? Das geht nicht«, wehre ich entschieden ab.

»Warum denn nicht?«

»Weil … darum eben. Wir passen überhaupt nicht zusammen. Es war ein Ausrutscher, mehr nicht.«

»Na, dann ist es doch noch viel einfacher«, überlegt Nele. »Hallo, du hast Urlaub, genieße ihn. Wenn ihr was zusammen machen wollt, dann tut es, und wenn nicht, dann eben nicht. Wo ist das Problem? Im besten Fall ist es der Beginn einer schönen Geschichte.«

Da hat sie irgendwie auch wieder recht.

Ich blicke noch einmal nach draußen. »Nele, er kommt, ich muss auflegen!«, rufe ich und beende das Gespräch, während ich bereits zurück zum Bett eile. Kaum habe ich mich hineingeworfen, betritt Keno auch schon durch die Terrassentür das Haus und kommt zu mir ins Schlafzimmer. Und er ist …

Nackt.

Ich kichere. »Okay, ich habe nicht damit gerechnet, dass du das machst, aber …«

»Ich konnte der Versuchung nicht widerstehen«, entgegnet er. Er trocknet sich ab, legt sich neben mich unter die Decke und grinst mich an. »Du hast mich beobachtet, ich habe es genau gesehen.«

»Nur weil ich nicht glauben konnte, dass du es wirklich tust.«

Er sieht sich im Raum um. »Vielleicht sollte ich dir beim Aufräumen helfen. Ist heute Nacht etwas ausgeartet, oder?«

»Kann man so sagen.«

»Dann lass uns das mal machen. Oder wir …«

»Ja?«, flüstere ich. Sofort ist da wieder diese Hitze in mir. Oh Mann, er riecht so gut, und das heute Nacht war wirklich schön.

»Oder wir lassen es bleiben. Könnte ja sein, dass dir diese Unordnung gefällt.«

So ein Idiot.

Lachend stehe ich auf und ziehe ihm die Decke vom Körper. »Nein, das tut es nicht. Also dann, los, aufräumen!«

Während ich schon mal anfange, das Chaos zu beseitigen, macht Keno Kaffee, wofür ich echt dankbar bin. Als alles wieder ordentlich ist, trinken wir ihn zusammen auf der Terrasse.

»War echt schön. Dafür, dass wir uns überhaupt nicht leiden können …«, sagt Keno mit einem Mal und verzieht demonstrativ keine Miene.

»Das finde ich auch. Aber egal, wie man es dreht und wendet, so was macht ja keinen Sinn.«

Er sieht mich fragend an, antwortet jedoch nichts. Ich hoffe, er hat verstanden, was ich damit sagen möchte. Er soll nicht denken, dass ich mit ihm gleich mehr will, dass ich so eine Anhängliche bin. Zudem scheint er ja auch sehr beschäftigt zu sein.

Noch immer sehen wir uns an. »So meine ich das nicht«, füge ich rasch an. »Ich bin echt auf nichts aus, also eigentlich …«

Was rede ich da bitte?

Er steht auf, kommt zu mir herüber und beugt sich über mich. Meine Augen hängen schon wieder an seinen Lippen. Oh Mann, was ist nur los mit mir?

»Wir können ja einfach mal sehen, was daraus wird. Du magst doch Liebesgeschichten.«

Na ja, von Liebe zu sprechen, wäre wohl etwas übertrieben.

»Weißt du, Kati, gestern war es echt schön und die Nacht auch …«

Jetzt kommt bestimmt gleich ein Aber, etwas, mit dem er mir zu verstehen gibt, dass es nur Spaß war. Was es ja auch war, mehr nicht. Doch irgendwie … ja, vielleicht habe ich tatsächlich ganz unerwartet mehr gefühlt.

Ausgerechnet jetzt klingelt mein Handy. Ich linse auf das Display, es ist Nele.

»Oh, ich muss da mal rangehen«, sage ich und bin ehrlich gesagt ein wenig erleichtert, weil die Situation gerade echt merkwürdig ist.

Keno nickt. »Kein Problem. Ich muss auch los, ich habe heute Vormittag noch ein paar Dinge zu erledigen.« Er wendet sich ab, dreht sich jedoch an der Terrassentür noch einmal zu mir um. »Kati?«

»Ja?«

»Falls du aber Gesellschaft brauchst, etwas unternehmen möchtest oder irgendwas hier nicht funktioniert, dann weißt du ja, wo du mich findest.

Später bin ich auch wieder am Strand. Wenn du auch kommen willst?«

Ich nicke nur.

Nachdem er gegangen ist, denke ich noch eine Weile nach. Das Handy habe ich total vergessen. Ich wollte doch Neles Anruf entgegennehmen.

Als ich das Display entsperre, um sie zurückzurufen, entdecke ich wieder eine E-Mail von meinem neuen Chef, auf die ich absolut keine Lust habe. Oh Mann. Ich weiß, ich muss seine Mails bald mal lesen, aber nicht jetzt.

Was hat Keno vorhin gesagt? Ob ich noch mal was mit ihm unternehmen möchte? Warum nicht?

»Das klingt doch wirklich sehr nett. Warum solltest du nicht noch mal was mit ihm machen? Warum nicht sehen, was passiert?«, sagt Nele, als wir uns in ihrer Mittagspause treffen, um ein wenig durch den Ort zu bummeln.

Ich bin froh, dass sie sich die Zeit genommen hat und wir ein bisschen über alles quatschen können. Vor allem bin ich schon gespannt, ihren Laden, den ich bisher nur von Fotos kenne, mal in echt zu sehen.

Nachdem wir durch die Geschäfte an der Promenade gestöbert sind, sitzen wir nun aber erst mal in einem Café, haben Marzipantorte und Cappuccino vor uns stehen und genießen die Aussicht aufs Meer, die Möwen, die in der Luft ihre Kreise ziehen, das Rauschen der Wellen, Stimmengewirr.

Ich zucke mit den Schultern. »Ach, ich weiß nicht, ich …«

»Du meintest doch, es war gut mit ihm, oder?«

Als sie die Frage ausspricht, schießen sofort Bilder der letzten Nacht in meinen Kopf. Die Küsse, Kenos Bart, der mich leicht auf der Haut gekratzt hat, seine Brusthaare, die ich doch irgendwie mochte, sein Duft. Dieses hemmungslose … Zusammensein. Ach Mist. Tatsächlich hat er Stellen an meinem Körper zum Brennen gebracht, von denen ich vorher nicht mal wusste, dass sie heiß werden können. Ich schlucke. Werde ich gerade rot?

Nele kichert. »Ich würde mal sagen, es ist ein gutes Zeichen, wenn du gedanklich schon wieder abdriftest.«

»Ach, du … nein, ja, ich … ich muss sagen, es war unerwartet gut. Aber was bringt das? Ich bin doch gar nicht lange hier.«

»Schon klar. Trotzdem verstehe ich nicht, warum du, wenn du Lust darauf hast, nicht noch mal was mit ihm unternimmst. Er hat es dir doch angeboten. Und das hat nichts mit Sex zu tun.«

Ich lehne mich in meinem Stuhl zurück. »Das mit dem Stand-up-Paddle war echt lustig, ich wollte das immer mal ausprobieren. Der Abend war auch super, wir alle zusammen. Aber …«

»Aber was?«

»Ich werde nicht schlau aus diesem Kerl. Erst war er so mürrisch und abweisend, aber dann ganz plötzlich supernett. Wie ausgewechselt. Warum? Dazu noch die Frau, die bei ihm war. Nicht, dass es mich was angeht, doch das Ganze kommt mir zu merkwürdig vor. Weißt du, ich habe keine Lust, wieder auf jemanden hereinzufallen. Womöglich lasse ich mich auf mehr ein, und dann entpuppt es sich erneut als etwas, mit dem ich nicht gerechnet habe. Ich meine, in Liebesgeschichten ist es doch meistens so.«

Nele wiegt den Kopf hin und her. »Ich kann deine Bedenken schon verstehen. Aber wenn man dem Leben keine Chance gibt, dann kann sich auch nichts mehr entwickeln, in welche Richtung auch immer.«

Kurze Zeit später machen wir uns auf den Weg zu Neles Laden. Eigentlich wollte ich ihr ja noch von den E-Mails meines neuen Chefs berichten, doch dafür ist es jetzt nicht die richtige Zeit. Vielleicht sollte ich sie auch erst mal selbst lesen, bevor ich Nele davon erzähle.

Als wir vor dem Laden stehen bleiben, bin ich sofort begeistert. »Das ist ja so was von zauberhaft«, rufe ich. Das Geschäft, das an einer der Promenadenstraßen liegt, ist überaus liebevoll gestaltet. Über der Tür prangt ein Schild im Antikstil, auf dem in verschnörkelter Schrift der Name *Glücksgefühl* steht.

Auch im Inneren des Ladens setzt sich diese Mischung aus Alt und Neu fort. Entzückt lasse ich den Blick schweifen über die hübschen Kerzen, Tassen und das ganze übrige Allerlei, das Nele und ihre Mitarbeiterin so liebevoll dekoriert und in Szene gesetzt haben.

»Danke, ich liebe es auch sehr hier«, antwortet Nele, während sie ihre Tasche auf dem Boden hinter dem Tresen abstellt. Ein Hauch von Rot überzieht ihre Wangen.

In diesem Augenblick klingelt das Glöckchen über der Tür. Kundschaft. Eine ältere Dame betritt den Laden. Ihre Haare sind weißblond gefärbt und zu Locken eingedreht, ihre Lippen leuchtend rot geschminkt.

»Hallo, Frau Busse«, begrüßt Nele sie freundlich und hebt die Hand. »Ich habe hier schon alles für Sie hergerichtet.« Dann wendet sie sich mir zu. »Wir sehen uns später, ja? Ich muss mich mal eben um eine meiner Lieblingskundinnen kümmern.«

Ich nehme sie kurz in den Arm und drücke sie. »Es ist wirklich absolut toll hier, ich bin so stolz auf dich. Ich gehe dann mal wieder zurück ins Haus, bis nachher.«

Schließlich verlasse ich das Geschäft und flaniere die Promenade entlang zurück. Die Sonne ist schön warm, ihre Strahlen glitzern auf der Meeresoberfläche. Apropos Sonne, meine Nase ist zwar noch ein wenig rot, dennoch hat Kenos Salbe wirklich gutgetan. Keno. Beim Gedanken an ihn muss ich lächeln, ob ich es will oder nicht.

Ich atme die Seeluft tief in mich ein und sehe mich um. Am Strand sitzen die Menschen in ihren Strandkörben oder auf bunten Decken, ein Mann versucht gerade, sich aufs Stand-up-Paddle zu stellen. Ich muss zugeben, das hat schon Spaß gemacht.

Mein Blick wandert weiter, über das Wasser zu dem Leuchtturm in der Ferne. Er ist rot-weiß gestrichen und wirkt selbst von Weitem irgendwie majestätisch. Leuchttürmen wohnt schon eine besondere Romantik inne, zumindest empfinde ich es in diesem Moment so. Denn das Bild, das die Umgebung gerade wie von selbst malt, ergreift mein Herz.

»Das Meer ist schon beeindruckend, oder?«, höre ich mit einem Mal eine Stimme. Eine ältere Frau mit weißen Haaren steht neben mir und lächelt mir zu. »Es ist so beruhigend und hat eine ganz eigene Magie. Und das Geräusch der Wellen – ich finde, es ist beinahe wie Gesang. Wenn man ihm ganz aufmerksam zuhört, dann kann man die Worte verstehen.«

»So habe ich es noch gar nicht gesehen«, gebe ich zu. »Jedenfalls hört es sich sehr schön an.«

»Das finde ich auch. Das Herz wird frei, wenn man am Meer ist. Es beginnt wieder, dem zu lauschen, was man sich wirklich wünscht.«

»Ich bin auch froh, mal wieder hier zu sein, nach allem, was war«, sage ich und seufze leise.

»Oh, ist denn etwas Schlimmes passiert?«

»Nicht direkt, ich wollte einfach mal wieder mehr in meinem Leben – oder Meer.« Keine Ahnung, warum ich ihr das erzähle, aber da ist mit einem Mal so ein Gefühl, dass ich es kann. »Man hat doch oftmals Angst davor, etwas Neues zu wagen. Und bei mir ist gerade so vieles neu. Erst wollte ich nicht weg und dann doch. Ein heilloses Durcheinander.«

Sie nickt. »Ja, das Herz muss sich manchmal erst wieder sortieren. Aber wenn man im Leben mehr will, muss man auch bereit sein, mehr zu geben und zu riskieren, oder? Nur wenn wir den Mut haben, unserem Herzen zu folgen, wird es mit mehr erfüllt.«

Was für rührende Worte.

»Ich wünsche Ihnen, dass Sie eine schöne Zeit hier haben«, fügt sie noch hinzu. »Genießen Sie die Tage, vielleicht erleben Sie etwas, das Sie glücklich macht. Das Glück kommt oftmals unerwartet. Und wer weiß, was hier noch auf Sie wartet, wenn Sie bereit sind, sich darauf einzulassen. Das Leben schreibt die schönsten Geschichten. So ist es einfach.«

Während sie davongeht, denke ich noch einen Moment über ihre Worte nach. Ja, das Glück kommt oftmals unerwartet. Ich hätte auch nicht gedacht, dass ich eine so … aufregende Nacht mit Keno haben würde. Die war wirklich mal unerwartet. Aber Glück? Wird mich das zum Glück führen?

Was hat die Frau gesagt? Wenn man mehr möchte, dann sollte man auch mehr riskieren. Ein wahrer Gedanke.

Aber muss man nicht auch wissen, was man will? Gut, bei mir war es der Wunsch, mal wieder ans Meer zu fahren. Spontan muss ich an Richards Worte denken. Bin ich am Ende doch schon mittendrin in einer Geschichte?

Ich komme nicht mehr dazu, mir darüber noch länger Gedanken zu machen, denn auf einmal höre ich jemanden weinen. Als ich mich suchend umsehe, entdecke ich auf der anderen Straßenseite ein kleines Mädchen, dessen Gesicht tränenüberströmt ist.

Ach herrje, was ist denn da geschehen?

Schnell gehe ich zu ihr hinüber. »Hey du, was ist denn passiert?«, frage ich, doch da sehe ich schon, dass sie leicht am Auge blutet. Ich greife in meine Tasche, in der ich wie immer ein paar Erste-Hilfe-Utensilien dabeihabe, und hole eine sterile Kompresse heraus. »Halte die mal an die Wunde. Wie ist denn das passiert?«

»Ich … ich … ich …«, schluchzt sie immer nur.

Beruhigend streiche ich ihr über den Kopf. »Ganz langsam. Wo sind denn deine Eltern? Oder warst du allein unterwegs?«

»Ich … ich habe mich angestoßen, ich wollte doch auf dem Trampolin springen und …«

Da die Wunde schon ein wenig tief aussieht, nehme ich mein Handy und suche nach einem Arzt in der Nähe. Tatsächlich werde ich fündig. Ein gewisser Dr. Drottke. »Pass auf, gleich da vorne ist ein Arzt, da gehen wir mal hin. Inzwischen versuche ich auch, deine Eltern zu erreichen.«

Irgendwie ist das eine blöde Situation. Eigentlich sollen Kinder nicht mit Fremden mitgehen, aber ich kann sie doch nicht einfach hier stehen lassen.

»Wie heißt du überhaupt?«

»Tinke.« Sie schluchzt erneut. »Tinke Mindström.«

Mindström. Okay, wahrscheinlich kommt dieser Name hier im Ort häufiger vor. Aber womöglich ist ihre Mutter ja meine Vermieterin? »Heißt deine Mama zufällig Svantje?«

Sie nickt, und mir fällt ein großer Stein vom Herzen. »Weißt du was? Ich bin Kati, ich wohne in einem eurer Ferienhäuser. Nachher rufe ich gleich deine Mama an und sage ihr Bescheid, doch jetzt gehen wir erst mal rüber zum Arzt.«

»Ja, zu Dr. Drottke«, flüstert sie.

Die Praxis ist wirklich nur gut hundert Meter entfernt. Als wir eintreten, steht ein Herr im weißen Kittel hinter der Empfangstheke und sieht uns erwartungsvoll entgegen. Sein Gesicht ist leicht gebräunt, sein graumeliertes Haar gewellt. Irgendwie macht er gleich einen sympathischen Eindruck. Ist das Dr. Drottke?

»Entschuldigen Sie bitte«, sage ich. »Mein Name ist Kati Springer. Ich habe hier die kleine Tinke, sie hat eine Platzwunde am linken Auge, wahrscheinlich ausgelöst durch ein stumpfes Trauma.«

»Sind Sie Ärztin?« Er lächelt mir freundlich zu, doch ich winke schnell ab.

»Nein, nein«, antworte ich verlegen. »Ich bin gelernte Arzthelferin und … na ja, die Macht der Gewohnheit.«

Er kommt um die Theke zu uns herum und beugt sich zu Tinke hinunter. »Tinke Mindström, warst du mal wieder auf dem Trampolin? Und musstest es gleich übertreiben?«

Sie nickt, und ein Grinsen huscht über ihr Gesicht. »Wenn schon, dann richtig.«

»Kennen Sie die Kleine?«, frage ich. »Ich bewohne gerade eines der Ferienhäuser der Familie, daher hatte ich Kontakt mit ihrer Mutter.«

»Ich rufe Svantje gleich kurz an. Sie haben die Wunde ja schon mal erstversorgt. Wir müssen sie jetzt noch reinigen, und ein Klammerpflaster brauchen wir auch. Es wäre gut, wenn Sie mir assistieren. Gehen Sie mit Tinke doch schon mal vor, Zimmer drei. Ich komme nach, sobald ich telefoniert habe.«

Ich sehe ihn fragend an, weil ich mir nicht ganz erklären kann, warum er beim Versorgen dieser Wunde jemanden braucht, der ihm assistiert. Aber gut. Also nehme ich Tinke an die Hand und gehe mit ihr in den Behandlungsraum. Wir warten kurz auf Dr. Drottke, dann helfe ich ihm mit der Wunde, und als wir fertig sind, bekommt Tinke einen Lolli von ihm.

»Du warst sehr tapfer«, sage ich zu ihr.

In diesem Augenblick klopft es an die Tür. »Tinke?« Eine Frau betritt das Zimmer und kommt auf uns zu. Sie sieht nett aus, hat kurze helle Haare und ein paar Sommersprossen auf der Nase. »Haben Sie meine Tochter gefunden, diese kleine Rabaukin?«, fragt sie mich und seufzt. »Immer sucht sie sich etwas Neues, das sie anstellen kann.«

»Es ist ja alles gut gegangen. Ich bin übrigens Kati Springer, die in Ihrem Ferienhaus wohnt.«

Ihre Augen weiten sich. »Ehrlich? Was für ein Zufall. Aber klar, Kati Springer. Dann lernen wir uns endlich auch mal persönlich kennen. Ich bin Svantje.« Sie hält mir die Hand hin, und ich ergreife sie. »Vielen Dank, dass Sie sich um Tinke gekümmert haben.«

Ich nicke. »Sehr gern, das ist doch selbstverständlich. Dann gehe ich mal wieder, die Sonne genießen. Wobei ich noch etwas langsam mache, ich habe mich ein wenig an der Nase verbrannt.«

Der Doktor sieht mich an. »Ich hätte da eine Spezialsalbe, die kann ich Ihnen gern geben. Wenn Sie einen Moment warten wollen?«

Svantje sieht auf die Uhr. »Ich muss mich leider verabschieden, ich habe noch etwas zu erledigen. Also, wir sehen uns hoffentlich noch.« Sie nimmt Tinke an die Hand und verlässt mit ihr die Praxis.

»Mama, kann ich wieder aufs Trampolin?«, höre ich die Kleine beim Hinausgehen fragen.

»Sie ist ein Stehaufmädchen.« Dr. Drottke zwinkert mir zu. »Ach ja, die Spezialsalbe.« Er geht zu einem der Schränke und holt eine kleine Tube heraus. »Bitte schön, die wirkt wahre Wunder.«

Ich nehme die Tube dankend entgegen. »Ich kenne die Salbe. Keno, mein Nachbar, hat sie mir auch schon gegeben. Und in der Praxis, in der ich arbeite, haben wir ebenfalls solche Tuben.«

»Ach, das ist gut. Keno hatte die von mir. Der Gute hat sich neulich auch mal ganz schön verbrannt.«

Ich muss grinsen. »Wirklich? Mir gegenüber hat er so getan, als wäre ihm das noch nie passiert.«

»So ist Keno nun mal.« Dr. Drottke lächelt. »Aber er ist ein guter Kerl. Und Sie wohnen in dem Häuschen direkt neben ihm?«

»Ja, Svantje hat es mir vermietet. Eigentlich hätte ich ein anderes Haus bekommen sollen, doch damit hat es nicht geklappt. Ich habe zwar etwas anderes erwartet, aber es ist schön dort.«

»Das ist es.« Er sieht mich an, als würde er über etwas nachdenken. »Sie kommen aus Bayern?«, will er schließlich wissen.

»Hört man das?«

»Ja, der Dialekt ist mir durchaus bekannt. Arbeiten Sie dort in einer Praxis?«

»Gerade ist es … na ja, schwierig. Mein ehemaliger Chef ist leider verstorben.« Ich schlucke.

»Ach, das tut mir sehr leid.«

»Mir auch. Aber jetzt bin ich erst mal hier am Meer, um Urlaub zu machen und die Zeit zu genießen. Mal sehen, was danach kommt.«

»Nun«, er räuspert sich, »das kommt jetzt etwas unerwartet, doch ich bin momentan auf der Suche nach einer Mitarbeiterin, die mich unterstützt. Wenn Sie möchten, können Sie gern mal hier reinschnuppern.«

»Ehrlich? Aber Sie wissen doch gar nichts über mich«, entgegne ich erstaunt.

Er zuckt mit den Schultern. »Nennen Sie es Intuition. Vielleicht einfach mal für einen Probetag? Also, überlegen Sie es sich und rufen mich dann gern an.«

Ob ich es will oder nicht

Das Glück kommt oft unverhofft. Ob diese Begegnung mit Dr. Drottke so sein sollte? Ich weiß es nicht. Eigentlich totaler Quatsch, dennoch denke ich darüber nach. Als ich wieder am Strandhaus ankomme, klopft mein Herz heftig in meiner Brust. Wäre es vielleicht wirklich eine gute Idee, hier zu leben und in seiner Praxis zu arbeiten? Wenn man mehr will, muss man auch bereit sein, mehr zu riskieren. Das gilt sicher in vielerlei Hinsicht.

Während ich noch vor meiner Haustür stehe, kommt mir auf einmal wieder Keno in den Sinn. Soll ich einfach mal bei ihm läuten? Wir könnten zum Beispiel eine Radtour machen oder noch mal zusammen an den Strand gehen. Wobei ich ja gar nicht weiß, ob er zu Hause ist, aber versuchen kann ich es doch mal.

Gerade will ich an seiner Tür klingeln, als ich Geräusche höre. Es klingt wieder wie ein Keuchen und ein Seufzen. Jedenfalls merkwürdig. Schnell ziehe ich die Hand zurück. Er hat also Besuch. Womöglich wieder diese Frau?

Aber was geht mich das an? Nichts. Dennoch habe ich ein komisches Gefühl. Er ist wohl doch einer, der nicht genug bekommt. Auch wenn es mir egal sein sollte, geht trotzdem ein winziger Stich durch mich hindurch. Immerhin war die Nacht schön. Wie kann er also gleich danach …

Ich sollte nicht weiter darüber nachdenken. Rasch wende ich mich ab und husche zu meinem Häuschen zurück. Als ich die Tür hinter mir geschlossen habe, atme ich tief durch. Gerade noch mal gut gegangen. Das Leben ist kein Liebesroman, es ist viel verzwickter.

Und dann ist da ja auch noch die Sache mit den E-Mails, die mein neuer Chef mir andauernd schickt. Keine Ahnung, warum ich es so vor mir herschiebe, sie endlich mal zu lesen, geschweige denn zu beantworten. Vielleicht, weil ich nicht bereit dazu bin. Nicht bereit, mehr zu geben. Ich weiß doch überhaupt noch nicht, was ich will und wie alles weitergehen soll. Und wenn ich nicht bereit bin, dann bin ich es eben nicht.

Ich beschließe, an den Strand zu gehen, um ein bisschen zu lesen und nachzudenken. Als ich dort ankomme, liegt zu meiner Verwunderung Keno bereits in der Sonne. Das ging ja schnell. Wie schon bei unserem letzten gemeinsamen Strandaufenthalt hat er sich komplett mit dieser weißen Creme eingeschmiert.

Ha! Soll ich vielleicht mal einen Spruch loslassen von wegen eincremen und so? Eigentlich würde ich ihm gern von der Begegnung mit dem Doktor erzählen. Dass ich weiß, dass er sich neulich auch einen üblen Sonnenbrand geholt hat.

Kurz überlege ich, mich zu ihm zu legen, doch dann entdecke ich gleich daneben ein weiteres Handtuch. Okay, er ist also nicht allein. Was mir aber auch egal ist, er kann schließlich seine Zeit verbringen, mit wem er will. Ich mustere ihn kurz und beschließe dann, mich etwas abseits in den Strandkorb zu setzen.

Aber er hat mich schon entdeckt. »Hey«, ruft er und winkt mir zu.

»Hey«, antworte ich nur und stapfe weiter zum Strandkorb, ab in den Schatten.

»Du kannst dich auch gern dazulegen, Kati.«

Dazulegen? Also ist er wirklich nicht allein. Aber nein, warum sollte ich? Es ist schon gut so, wie es ist. Es war ein schöner Abend, und wir verstehen uns jetzt. Mehr muss doch auch nicht sein, das bringt nur Probleme. Ich will allerdings auch nicht zickig erscheinen, obwohl ich seinen Vorschlag echt unpassend finde. Würde er tatsächlich umgeben von zwei Frauen daliegen – auf der einen Seite ich, mit der er die letzte Nacht verbracht hat, und auf der anderen sie, mit der er eben noch zusammen war?

Mit einem Mal spüre ich ein merkwürdiges Unbehagen in mir. Was ist nur los mit ihm? Kann er sich nicht denken, dass es eventuell merkwürdig sein könnte? Männer sind doch echt Idioten. Absolut kein Feingefühl. Dennoch werde ich mir das jetzt nicht anmerken lassen.

»Nein, alles gut.« Ich winke ab. »Lasst euch nicht stören. Außerdem muss ich in den Schatten – mein Sonnenbrand.«

»Ach schade, wäre doch schön zu dritt. Aber klar, der Sonnenbrand.« Er hält kurz inne. »Oder wir kommen zu dir in den Strandkorb? Wäre doch nett.« Keine Ahnung, was er noch vorschlagen will, denn in diesem Moment kommt eine Frau auf ihn zu. Es ist tatsächlich dieselbe, die schon mal bei ihm war.

Sie streckt sich und winkt mir zu. »Hey, Sie sind die Nachbarin, oder? Ich habe schon von Ihnen gehört.« Sie lächelt, während ich dastehe und nicht weiß, wie mir geschieht. Hat er wirklich mit ihr über mich geredet?

»Ach, ich bin übrigens Bea.«

»Hey«, antworte ich nur.

»Ich habe Kati gerade gefragt, ob sie sich zu uns legen möchte«, erzählt Keno ihr.

Nun klopft sie ihm doch tatsächlich auf den Bauch und lacht. »Nichts da, wir machen jetzt noch etwas weiter, mein Lieber. Das vorhin war nämlich noch nicht perfekt. Wir sollten noch ein wenig üben.«

Üben? Okay.

»Ja, also dann … macht ihr mal«, stammele ich. »Ich … ich muss jetzt weiter, den Strand erkunden. Und viel Spaß beim Üben.«

Einfach weg. Schnell weg, denke ich und wende mich ab. Was die beiden wohl üben müssen? Ach, ich will es gar nicht wissen. Ich sollte mich nur nicht weiter in irgendetwas verrennen, das einfach keinen Sinn macht.

Keno ist somit erst mal tabu. Zudem ist mein Sonnenbrand so weit abgeheilt, dass ich wieder einigermaßen vorzeigbar bin. Also verabrede ich mich für sieben Uhr mit Fiete und Nele am Hafen. Deswegen bin ich ja hier. Um Zeit mit meiner Freundin zu verbringen.

Mit Keno war es ein nettes Abenteuer, mehr jedoch auch nicht. Und das ist auch gut so. Doch ich mache mir schon wieder viel zu viele Gedanken. Daher sollte ich mich schützen, vor Chaos und anderen Dramen.

Als wir uns um sieben am vereinbarten Treffpunkt einfinden, nimmt Nele mich in den Arm, und wir drücken uns ganz fest. Ich freue mich so, sie zu sehen. Aber wo ist Fiete?

»Ach, ihm ist eingefallen, dass er noch was erledigen muss«, erzählt sie. »Er meinte, dass wir zwei Mädels uns sowieso nicht so oft sehen und die Zeit gemeinsam nutzen sollten. Und wenn wir allein sind, können wir auch besser tratschen, ein Mann stört da doch nur.« Sie zwinkert mir zu.

»Wo soll es denn hingehen?«, frage ich. »Wieder ins *Strandhäuschen*?«

»Ich würde schon sagen. Erstens ist es da toll, und zweitens findet dort heute zufällig ein kleines Konzert statt. Frag mich aber nicht, welche Band da spielt. Lassen wir uns doch einfach überraschen.«

Sie hakt sich bei mir unter, und wir machen uns auf den Weg. Nach einer Weile beschließen wir jedoch, uns vorher noch ein wenig an die Promenade zu setzen, wo sich gerade viele Menschen tummeln, denn von hier hat man einen tollen Blick auf den Sonnenuntergang. Wir holen uns einen *Sundowner* zu trinken und sehen zu, wie die Sonne langsam im Meer versinkt.

»Ist das nicht einfach nur traumhaft?«, fragt Nele.

»Mehr als das. Es ist … Man fühlt sich gleich so geborgen und glücklich.« Ich atme tief durch. »Weißt du, nachdem ich heute bei dir im Laden war, habe ich tatsächlich überlegt, wie es wohl wäre, hierzubleiben. Ich habe auch daran gedacht, was mit Keno zu unternehmen, aber dann … Warte, ich fange lieber von vorn an. Kennst du Dr. Drottke?«

»Ja, ein ganz netter Mann, seine Frau kauft manchmal bei mir ein. Wie kommst du auf den?«

»Ich war heute mit einem verletzten Mädchen bei ihm. Tinke Mindström.«

»Tinke? War sie wieder auf dem Trampolin?«, kommt es von Nele wie aus der Pistole geschossen, und ich muss lachen.

»Woher weißt du das?«

»Sie ist bekannt dafür. Ihre Mama Svantje ist doch deine Vermieterin, sie kommt auch öfter zu mir in den Laden.«

»Ah, okay. Svantje habe ich dann auch noch kennengelernt. Jedenfalls bin ich total erschrocken, als die kleine Tinke weinend auf der Straße stand. Sie hatte eine Verletzung am Auge, also bin ich mit ihr zum nächsten Arzt. Und das war Dr. Drottke. Stell dir vor, er meinte, er würde Unterstützung brauchen. Falls ich auf der Suche nach einer neuen Aufgabe wäre … Ich könnte auch mal zu einem Probetag vorbeikommen.«

Neles Augen weiten sich. »Wirklich? Wie ging das denn so schnell?«

»Ach, wir sind einfach ein wenig ins Plaudern gekommen. Auf der einen Seite finde ich es schon toll, auf der anderen jedoch auch merkwürdig. Mal ehrlich, er weiß doch gar nichts über mich.«

»Klar, tut er nicht, das stimmt schon. Aber es ist doch eine schöne Idee, und du sollst ja auch erst mal zur Probe bei ihm arbeiten. Weißt du was? Irgendwie klingt das gerade alles, als sollte es so sein. Nach einem Umbruch im Leben. Die Sache mit Keno und jetzt auch noch das mit Dr. Drottke …«

»Apropos Keno, über ihn wollte ich mit dir reden.«

Doch sie unterbricht mich: »Schau mal, ist er das nicht da drüben?«

Keno? Wo? Tatsächlich, er steht vor einem der Strandhäuschen und schraubt an der Eingangstür herum.

»Wollen wir zu ihm hingehen?«, schlägt Nele vor. »Winke ihm mal zu, vielleicht hat er ja Lust, nachher mit uns was trinken zu gehen.«

»Nein!«, rufe ich entschieden.

»Warum? Was ist los?«

»Das wollte ich dir gerade erzählen. Ich merke langsam, dass mir das mit Keno nicht guttut, es ist mir einfach zu viel. Zudem weiß ich doch gar nichts über ihn.«

Nele zieht die Stirn kraus. »Okay, was habe ich verpasst?«

»Ach, ich wollte heute zu ihm, doch er hatte mal wieder Besuch. Weiblichen Besuch – unüberhörbar, wenn du verstehst. Und die Krönung des Ganzen war, dass er nachher mit ihr ebenfalls am Strand war und mich auch noch fragte, ob ich dazukommen möchte. Sie meinte aber, dass es nicht geht, weil sie noch üben müssen.«

»Warum gehst du denn gleich davon aus, dass er mit dieser Frau etwas am Laufen hat? Ist das nicht etwas übereilig, verbohrt und … auch ein wenig oberflächlich?«

Ich atme tief durch. »Das weiß ich schon. Natürlich ziehe ich übereilte Schlüsse, und es ist auch etwas oberflächlich. Aber ich habe festgestellt, dass ich gerade nichts Unerwartetes gebrauchen kann, kein Drama oder so. Weil mir das zu viel ist. Es kommt ja meistens etwas Unerwartetes, wenn man nicht damit rechnet. Ich habe wirklich keine Lust, wieder auf jemanden hereinzufallen. Und ich werde irgendwie nicht schlau aus dem Kerl, das habe ich dir ja heute im Café schon gesagt.«

»Weißt du was? Keno steht immer noch da drüben. Reden wir doch mal mit ihm, vielleicht können wir …«

»Nein«, unterbreche ich sie hastig. »Lass uns schnell gehen, bevor er uns noch entdeckt.«

Doch dafür ist es bereits zu spät, denn Keno sieht genau in diesem Moment in unsere Richtung. Er hebt die Hand und winkt uns zu.

Mist. Ich wende mich rasch ab, tue so, als hätte ich ihn nicht gesehen, und ziehe Nele eilig mit mir mit. »Komm jetzt, lass uns endlich in die Bar gehen«, raune ich ihr zu.

Als wir außer Sichtweite sind, bleibt sie stehen. »Das war oberpeinlich, Kati, du hättest einfach zurückwinken können.«

Da hat sie recht. Verdammt. Warum benehme ich mich so bescheuert? Ja, vielleicht weil es schön mit ihm war, weil es sich nach mehr angefühlt hat. Und weil ich Angst habe vor dem Schmerz. Auch wenn es bescheuert ist, ich kann ja nichts dafür, wie ich gerade fühle.

Doch ich will jetzt nicht länger darüber nachdenken, sondern einfach feiern – mit Nele, nicht mit Keno. Dennoch lässt mich dieser Gedanke nun nicht mehr los. Was, wenn ich ihm unrecht tue und er mein zickiges Verhalten gar nicht verdient hat?

Vielleicht, weil es gar nicht stimmt, dass er mir nichts bedeutet. Irgendwie hat Keno etwas an sich, das ich mag, ob ich es will oder nicht.

Das Drama bei der Sache

Die Musik wummert durch die Bar, und ich habe eindeutig zu viel getrunken. Doch irgendwie waren die Cocktails heute viel süffiger als sonst – ja genau, das muss es sein. Vielleicht bilde ich es mir aber auch nur ein. Oder ich habe ganz unbewusst das Bedürfnis, die Sache mit Keno im Alkohol zu ertränken, wer weiß. Ach, keine Ahnung, was mit mir los ist.

Die Zeit vergeht jedenfalls wie im Flug. Nach und nach finden sich in der Bar auch einige von Neles Freunden und Bekannten ein, mit denen ich mich auf Anhieb gut verstehe. Auf der kleinen Bühne spielt eine Band, wir tanzen zur Musik, und ich lasse mich einfach fallen. Ich muss zugeben, das tut gut. Unheimlich gut. Denn ich denke dabei nicht mehr an Keno, sondern nur noch daran, diesen Moment im Hier und Jetzt zu genießen. Schon lange habe ich nicht mehr so ausgelassen gefeiert.

»Wie wäre es mit noch einer Runde?«, frage ich Nele irgendwann, aber sie schüttelt den Kopf.

»Ich habe genug, und ich denke, du auch.«

Ich rolle mit den Augen. »Ich dachte, wir wollten feiern und Spaß haben? Es darf doch ruhig mal ein bisschen mehr sein.« Mit diesen Worten wende ich mich von ihr ab und gehe zum Tresen.

»Sag nicht, du willst noch einen Cocktail?« Simon, der heute wieder Dienst hat, grinst mich an.

Ich lehne mich ein Stück nach vorne und kneife die Augen zusammen. »Oh doch.«

Nachdem mein Getränk fertig ist, bezahle ich es, nehme das Glas in die Hand und sehe mich nach Nele um. Doch als ich erkenne, mit wem sie sich gerade unterhält, halte ich inne. Keno. Na toll, ich habe noch immer so gar keine Lust auf ihn. Aber Nele ist schließlich meine Freundin.

Nachdem ich mich schweren Herzens dazu entschlossen habe, trotzdem zu den beiden hinüberzugehen, tippt mich jemand an der Schulter an. Es ist ein Kerl, der gut gebaut und ziemlich aufgestylt ist.

»Na, du bist ja gut am Feiern«, meint er.

Mit einem Lächeln antworte ich: »Ich habe Urlaub, und den will ich genießen. Ich will mehr!« Ich bin beschwipst, okay, aber das Lied, das die Band gerade spielt, mag ich.

»Lust zu tanzen?«

Ich hebe meinen Cocktail hoch. »Sorry, hab mir eben was zu trinken geholt, es ist also eher schlecht.«

»Ich kann warten.« Er zwinkert mir zu. »Was hältst du davon, wenn ich mir auch einen Drink hole? Dann bist du nicht so allein. Ich bin übrigens Ludwig. Und du bist mir schon beim letzten Mal hier aufgefallen.«

»Echt?«

Er nickt. »Ja, du hast bei Simon am Tresen gestanden. Also? Lust?«

»Warum nicht?«, entgegne ich und folge ihm zurück an die Bar. Immerhin war das bisher ein ganz gutes Gespräch. Und Ludwig ist schon heiß, das muss ich zugeben.

Er bestellt sich einen Schnaps, und wir stoßen an.

»Auf einen besonderen Abend mit einer besonderen Frau.« Wieder zwinkert er.

Okay, er ist ein kleiner Schleimer, aber irgendwie finde ich das auch ganz nett. Und er ist in der Tat ziemlich sexy.

»Bist du eigentlich von hier?«, will ich wissen.

»Ja. Ich finde, hier lässt es sich gut leben. Probleme hat man doch überall. Aber du bist heute echt ein Lichtblick, seit Langem mal wieder.« Er rückt etwas näher an mich heran. Ich muss sagen, er riecht ausgesprochen gut.

»Ein Lichtblick? Was ist passiert? Wurde dein Herz gebrochen?« Keine Ahnung, warum mir das einfach so über die Lippen kommt.

»Das kann man so sehen. Ehrlich gesagt wurde ich betrogen. Die Frau, die ich hatte, hat sich einfach mit einem anderen Kerl vergnügt, und das, obwohl er ein guter Freund von mir war. Seitdem habe ich nicht mehr nach Frauen Ausschau gehalten, doch du …«

Er mustert mich mit einem solch intensiven Blick, dass ich schlucken muss. »Das tut mir echt leid. Ich kenne das Gefühl, aber dann war es auch nicht richtig.«

»Ja, allerdings. Und was suchst du hier im Urlaub? Meer? Liebe?«

Ich will einen Schluck von meinem Cocktail nehmen, doch das Glas ist leer. Schon wieder. Das geht heute wirklich flott. Und dann ist da noch diese Frage. Meer? Liebe? Verdammt.

Ich hebe den Kopf, und genau in diesem Moment sieht Keno in meine Richtung. Etwas Merkwürdiges liegt in seinem Blick, aber das ist mir gerade egal. Genau wie er kann ich mich doch ebenfalls vergnügen, mit wem ich will.

»Wer weiß«, antworte ich also vielsagend.

»Wollen wir tanzen?« Wieder zwinkert Ludwig mir zu – ich habe mittlerweile aufgehört zu zählen. »Oder ich zeige dir etwas, das hier kaum jemand kennt. Das wäre auf alle Fälle ein Abenteuer. Und wer weiß, was uns erwartet. Ich wäre jedenfalls bereit.«

In mir kribbelt es mit einem Mal ziemlich heftig. Ein Abenteuer, warum nicht? Es klingt zumindest sehr verführerisch.

Ich wage noch einen unauffälligen Blick zu Keno, der sich inzwischen wieder mit Nele unterhält. Also wirklich. Kann er nicht einfach verschwinden? Und Nele, kann sie ihn nicht wegschieben oder so? Sie weiß doch, dass ich heute nicht so gut auf ihn zu sprechen bin. Wobei, irgendwie sieht er gut aus in diesem hellen Hemd. Mit einem Mal muss ich daran denken, wie schön es war, mit ihm am Strand zu sitzen und Wein zu trinken. Wie anziehend er gerochen hat, wie weich die Haare auf seiner Brust waren – und wie prickelnd seine Küsse.

Eigentlich habe ich gar keine Lust auf diesen Ludwig. Ich habe da so ein Gefühl im Bauch … keine Ahnung. Auf jeden Fall erinnert er mich … Ja, er erinnert mich an Christopher, das fällt mir in diesem Moment wie Schuppen von den Augen.

»Also?«, reißt Ludwig mich aus meinen Gedanken. »Was ist jetzt? Lust?«

Ich sehe noch einmal zu Keno, der sich angeregt unterhält. Na, was der kann, kann ich schon lange. »Ich bin dabei«, antworte ich nach kurzem Zögern. »Ich muss nur noch eben was erledigen.« Ich ziehe mein Handy aus der Tasche und tippe eine Nachricht an Nele ein: *Bin gleich wieder da, ein heißer Kerl will mir kurz was zeigen.*

Nachdem ich die Nachricht abgeschickt habe, folge ich Ludwig aus der Bar. Draußen empfängt uns frische Luft, die vom Tag noch leicht warm ist. Trotzdem wird mir ein wenig schwindelig. Oh weh, ob der letzte Cocktail doch einer zu viel war? Ich atme tief ein. »Okay, und wohin jetzt?«

»Nur ein Stück am Strand entlang«, antwortet Ludwig. »Wenn du die Sterne liebst, wirst du dich wundern. Mir hat das in der schweren Zeit sehr geholfen.«

Er reicht mir seine Hand, doch auf einmal höre ich eine nur zu bekannte Stimme. »Ist das dein Ernst, Ludwig?« Ich sehe mich um. Tatsächlich, es ist Keno, der vor dem Eingang der Bar steht, die Hände in die Hüften gestemmt.

»Ach Keno, machst du wieder Stunk?«, brummt Ludwig. »Was soll das?«

Keno hebt eine Augenbraue. »Es geht mich zwar nichts an, und du kannst machen, was du willst, aber nicht mit Kati.«

Keine Ahnung, was hier los ist. Die beiden scheinen sich jedenfalls nicht zu mögen.

Ich hebe den Kopf ein Stückchen an und versuche, cool zu klingen. »Ich würde sagen, Kati kann schön selbst entscheiden, mit wem sie etwas macht.«

»Hast du gehört, Dickerchen?«, ruft Ludwig. »Also sieh zu, dass du verschwindest. Ich hab echt keinen Bock auf dich.«

Dickerchen? Das ist auch nicht gerade nett. Ich ziehe meine Hand weg. »Das war völlig unnötig, okay?«, zische ich Ludwig zu.

In diesem Augenblick taucht Nele hinter Keno auf. »Was ist hier los?«

»Ich habe Ludwig gerade gesagt, dass es besser wäre, zu verschwinden«, erklärt Keno.

Doch Ludwig lässt nicht locker. »Alter, echt jetzt …«

Keno schluckt ein paarmal, während Nele zu mir herkommt und mich am Ellenbogen fasst. »Lass uns wieder reingehen, ja? Oder sollten wir nicht lieber gleich nach Hause gehen?«

»Ich will noch nicht heim«, murre ich. »Ich bin noch total fit.«

Ludwig zieht nun an meinem anderen Arm. »Dann komm, ich wollte dir doch was zeigen.«

Aber ich habe die Lust komplett verloren, zumal er ein echt mieser Charakter zu sein scheint. Allein wie er mit Keno geredet hat …

»Nein, danke«, antworte ich. »Kein Bedarf mehr.«

Ludwig schüttelt den Kopf. »Keno, du dicker, bärtiger Keno, glaubst du wirklich, du kannst bei ihr landen, hm? Das ist so was von erbärmlich. Allmählich habe ich die Schnauze voll von dir.« Grinsend stellt er sich vor Keno und rempelt ihn in die Brust.

Auf einmal geht alles ganz schnell. Keno schubst zurück, Ludwig holt aus und trifft Keno mit der

Faust mitten ins Gesicht. Keno gerät ins Taumeln und stürzt rückwärts auf den Gehsteig. Glücklicherweise schlägt er nicht mit dem Kopf auf dem Asphalt auf, sondern fällt auf den Hosenboden.

»Bist du bescheuert?«, rufe ich.

Doch Ludwig lacht hämisch. Er baut sich vor Keno auf und hebt drohend den Zeigefinger. »Lass es dir eine Lehre sein, Keno, und misch dich nicht in meine Angelegenheiten ein!«

Noch immer weiß ich nicht, was los ist, aber was der Kerl da gerade abzieht, geht gar nicht. »Du bist ein richtiger Idiot, wirklich«, schreie ich. »Verschwinde!«

Glücklicherweise sucht Ludwig nun tatsächlich das Weite. Währenddessen knie ich mich vor Keno hin und betrachte sein Gesicht. Er blutet an der Wange, ziemlich nah am Auge. Auch wenn die Verletzung bestimmt nur äußerlich und nicht allzu schlimm ist, muss sie doch medizinisch versorgt werden.

»Ist schon okay, Kati, ich schaffe das allein«, sagt er, aber ich drücke ihm einfach den Rock meines Kleides auf die Wunde. Er sieht mich mit großen Augen an. »Was machst du da?«

»Wir müssen versuchen, die Blutung mit Druck zu stoppen, das ist im Moment das Wichtigste.«

Nele beugt sich zu uns herunter. »Kann ich irgendwie helfen?«

Ich nicke. »Kannst du bitte ein bisschen Schnaps aus der Bar holen?«

»Schnaps? Hast du noch nicht genug?«

»Quatsch. Frag nicht lange und hol ihn einfach, okay? Und lass dir am Tresen auch ein sauberes Tuch geben.«

Nele wendet sich ab und eilt in die Bar, während ich noch immer mein Kleid auf Kenos Wunde drücke.

»Was sollte das überhaupt mit diesem Ludwig?«, frage ich Keno. Vorwurfsvoll schüttele ich den Kopf.

»Ich konnte dich doch nicht mit diesem Idioten mitgehen lassen.« Er richtet sich ein wenig auf und grinst.

»Super, du Held, das hast du nun davon.«

»Na ja, wenigstens bist du jetzt bei mir und nicht bei ihm.«

Aha, so ist das. »Warum interessiert dich das?«, rutscht es mir heraus. »Du hattest doch heute auch deinen Spaß, oder? Und was ist da überhaupt zwischen ihm und dir?«

In diesem Moment kommt Nele schon zurück und erspart Keno damit eine Erklärung. Sie reicht mir eine halb volle Schnapsflasche und ein zusammengefaltetes Geschirrtuch.

»Super, danke.« Ich gieße ein wenig Schnaps auf das Tuch und drücke es auf die Wunde.

»Verdammt, das brennt!«, ruft Keno.

Ich halte ihm die Flasche hin. »Hier, trink, ist gegen den Schmerz.«

»Du bist verrückt, ist dir das klar?«

»Ehrlich gesagt weiß ich nicht, wer von uns beiden verrückter ist«, entgegne ich.

Eine Weile halte ich das Tuch noch auf die Wunde, dann nehme ich es langsam weg und atme erleichtert auf. Es hat tatsächlich aufgehört zu bluten.

»Wir sollten dennoch zum Arzt gehen«, sage ich. »Oben am Auge klafft die Wunde doch ziemlich auf, das muss vielleicht genäht werden. Und eine Tetanusspritze solltest du auch bekommen. Sicher ist sicher.«

Durch die ganze Aufregung bin ich schlagartig wieder nüchtern geworden, zumindest fühlt es sich so an.

»So sieht man sich wieder. Wen haben Sie mir denn diesmal mitgebracht?« Dr. Drottke empfängt mich mit einem Lächeln.

Auf dem Anrufbeantworter der Notfallambulanz haben wir erfahren, dass Dr. Drottke an diesem Abend zufällig Bereitschaftsdienst hat, und so kreuze ich heute schon zum zweiten Mal bei ihm auf, jetzt allerdings nicht mit Tinke, sondern mit Keno.

»Eine Verletzung im Gesicht, verursacht durch einen Schlag mit der Faust«, erkläre ich ihm ein wenig verlegen. »Ich habe die Wunde schon mit Schnaps desinfiziert und die Blutung gestoppt, aber ich denke, sie sollte zumindest oben am Auge genäht werden.«

Er beugt sich zu Keno und nickt. »Ja, so ist es. Dann machen wir das doch gleich mal.«

Während Dr. Drottke in sein Behandlungszimmer geht, um alles vorzubereiten, sieht Keno mich ein wenig ängstlich an. »Wird es sehr wehtun?«

»Auch nicht mehr als der Schlag ins Gesicht.«

Er verdreht die Augen. »Danke für die aufbauenden Worte.«

Nele, die noch von der Bar aus Fiete Bescheid gegeben hat, zieht ihr Handy aus der Tasche und tippt darauf herum. »Fiete hat geschrieben, er wartet unten auf mich.«

»Geh ruhig.« Ich lege ihr meine Hand auf die Schulter. »Keno und ich schaffen den Rest allein. Du musst ja morgen früh wieder im Laden stehen.«

»Meinst du wirklich?«

»Klar. Grüß Fiete von mir, wir hören uns dann morgen.« Wir umarmen uns zum Abschied, und Nele verlässt die Praxis.

Kurze Zeit später holt Dr. Drottke Keno und mich ins Behandlungszimmer. »Na, dann wollen wir mal.« Er zeigt Keno, wo er sich hinsetzen soll, dann wendet er sich mir zu. »Und Sie assistieren mir wieder?«

»Natürlich, gern. Wenn es in Ordnung für Sie ist?«

Er lächelt. »Würde ich sonst fragen?«

Kaum hat Dr. Drottke die Wunde berührt, verzieht Keno schon das Gesicht. »Da ist der Brüllbär mal ganz leise, hm?« Dr. Drottke schmunzelt. »Wie ist das eigentlich passiert?«

»Keno wollte mich beschützen«, antworte ich nur und bin froh, dass Dr. Drottke sich damit zufriedengibt.

Stattdessen widmet er sich wieder ganz Kenos Wunde. »So, fertig«, sagt er nach einer Weile. »Ich gebe Ihnen jetzt noch eine Tetanusspritze. Morgen kann das Gewebe noch etwas blau sein, aber ansonsten wird da höchstens eine kleine Narbe zurückbleiben, wenn überhaupt. Sie können froh sein, dass Frau Springer gleich so gut Erste Hilfe geleistet hat.«

Keno sieht mich an. »Danke.«

»Dafür, dass ich nicht lesen kann, bin ich doch nicht so bescheuert, oder?«, entfährt es mir.

Dr. Drottke lacht. »Was ist denn hier los? Fliegen da etwa die Funken?«

»Nein, also …«, stammele ich.

»Keine Sorge, ich will es gar nicht wissen. Nun, wir sehen uns doch hoffentlich wieder?«

Ich nicke. »Bestimmt. Mal sehen, wen ich Ihnen morgen bringe.«

Schließlich verlassen Keno und ich die Praxis und machen uns auf den Weg nach Hause.

»Wenn du die Wunde noch mit einem Kühlpad kühlst, wird das schnell wieder«, sage ich zu Keno, als wir vor seiner Haustür stehen. »Morgen ist es vielleicht noch etwas blau, aber du hast ja selbst gehört, was Dr. Drottke gesagt hat.«

Er nickt. »Danke noch mal für die Hilfe. Und sorry, dass ich dein Kleid ruiniert habe.«

»Ach was«, ich winke ab, »ich habe jetzt einfach eine Reparatur gut. Mal sehen, was als Nächstes kaputtgeht.«

Ein wenig verlegen schweigen wir. Irgendwie liegt eine Spannung in der Luft.

»Was Ludwig dir gegenüber von sich gegeben hat, war ziemlich mies«, sage ich nach einer kleinen Weile. »Du darfst es nicht so an dich ranlassen. Ich weiß zwar nicht, was da passiert ist, aber …«

»Alles gut, Ludwig ist einfach ein schlechter Mensch.« Keno winkt ab. »Hast du noch was auf dem Herzen?«

Warum will er das jetzt wissen? Ich könnte ihn so vieles fragen. Zum Beispiel, wer diese Bea ist. Doch warum? Warum mache ich mir so viele Gedanken? Ich atme tief durch. »Nein, alles gut. Wie kommst du darauf?«

»Vorhin hast du mich absichtlich ignoriert. Und am Strand warst du auch schon so komisch.«

»Ähm, ja, war doof von mir, ich weiß.«

»Ich mag dich, Kati, das wollte ich dir einfach mal sagen.«

Ich brauche einen Moment, bis ich seine Worte verarbeitet habe. »Du bist auch ganz in Ordnung, aber …«

Er hebt fragend eine Augenbraue. »Aber?«

»Es macht keinen Sinn, verstehst du? Ich weiß nicht, was mit dir und dieser Bea läuft, ich will da auch nicht reinpfuschen. Und ich möchte mich nicht merkwürdig dabei fühlen. Du kannst tun, was du willst und mit wem du willst.«

»Du denkst also, ich bin so ein Kerl, der dauernd irgendwelche Frauen hat? Sehe ich das richtig?«

»Ich unterstelle dir nichts, und es ist auch kein Problem. Aber irgendwie werde ich nicht schlau aus dir, warum auch immer. Und ich habe gemerkt, dass mir das alles zu viel ist. Das ist mir am Ende zu viel Drama.«

Er sieht mich an und kneift die Augen ein wenig zusammen. »Weißt du, was das Drama bei der Sache ist? Dass du es mir doch einfach unterstellst, ohne vorher nachzufragen. Und dass es eigentlich gar kein Drama gibt. Denk mal darüber nach.«

Wonach man sich im Herzen sehnt

Am nächsten Morgen nach dem Aufwachen fühle ich mich irgendwie merkwürdig. Was Keno zu mir sagte, hat mich noch eine ganze Weile nicht losgelassen. Klar, ich hatte ihm einfach etwas unterstellt, allerdings hat er es auch nicht aufgeklärt, oder? Es ist wohl wirklich so, dass ich mir selbst dieses Drama mache – aber eigentlich nur zu meinem Schutz. Oh Mann. Ich reibe mir die Schläfen.

Gestern war es doch ziemlich aufregend, und mein Kopf fühlt sich ein wenig schwer an. Weil es tatsächlich so ist: Ich allein habe ein Drama erzeugt. Eines, das gar nicht da ist. In einem Liebesroman wäre es genau dieses Missverständnis, von dem man so oft liest. Aber hier gibt es ja noch nicht mal ein Missverständnis. Nur das, was ich mir selbst ausmale.

Als ich mich aufsetze, spüre ich ein leichtes Ziehen im Kopf. Ich massiere mir die Schläfen, doch es hilft nichts. Zeit für einen starken Kaffee und eine Dusche.

Soll ich mich vielleicht bei Keno entschuldigen? Das könnte ich tun, doch vorher mache ich mich auf den Weg in die Küche, schalte die Kaffeemaschine ein und linse dann nach draußen. Das Meer sieht so schön aus.

Mit einem Mal ist da dieser Gedanke: Ich könnte es mir wirklich gut vorstellen, hierzubleiben. Am Meer zu leben. Aber ist das nicht auch bescheuert?

Andererseits könnte ich wenigstens mal das Angebot von Dr. Drottke annehmen und einen Probetag bei ihm machen. Damit verpflichte ich mich zu nichts und könnte dann immer noch weitersehen, was kommt.

Aber …

Ich nehme mein Telefon in die Hand und beschließe, endlich die E-Mails zu lesen, die ich schon so lange vor mir herschiebe. Als ich damit fertig bin, weiß ich nicht, ob ich lachen oder weinen soll. Mein neuer Chef hatte ein paar Fragen zu bestimmten Patienten und Vorgängen, diese habe ich ihm jetzt beantwortet. Er schreibt auch, dass er mich gern weiterhin im Team hätte. Ich könnte ihm ja antworten, dass ich auf alle Fälle nach meinem Urlaub wiederkomme, doch irgendwie kann ich mich dazu nicht aufraffen. Warum? Weil ich noch nicht weiß, ob ich es tatsächlich tun werde.

Mein Blick schweift zu Richards Kiste, und ich muss auch an seinen Brief denken. Das Leben ist zu kurz, hat er mir geschrieben. Damit hat er schon nicht unrecht. Und es ist auch zu kurz, um ein künstliches Drama zu erzeugen, oder?

Der Duft nach frischem Kaffee umhüllt mich, und ich beschließe, mir erst mal einen großen Schluck zu gönnen, der mir unfassbar guttut. Jetzt nur noch eine Dusche, und dann sehe ich weiter, was der Tag heute bringt und wie sich alles entwickelt.

Doch als ich mich unter die Dusche stellen will, kommt mal wieder kein warmes Wasser aus der Leitung. Verdammt, das darf jetzt nicht wahr sein, oder? Manchmal habe ich echt das Gefühl, dass hier merkwürdige Dinge vor sich gehen. Denn natürlich denke ich nun gleich wieder an Keno.

Aber gut. Auch wenn ich darauf absolut keine Lust habe, dusche ich erst mal kalt. Ich seife mich so schnell ein, wie es nur geht, um mich dann bibbernd in eines der großen Handtücher zu wickeln. Jetzt bin ich jedenfalls wach. Und was nun? Soll ich in Zukunft immer kalt duschen oder mich lieber dem Problem stellen?

Keno. Oh Mann.

Vielleicht soll es wirklich so sein, weil das gestern von mir nicht okay war. Weil ich die Sache klären sollte.

Während ich mich anziehe, beschließe ich, doch zu ihm hinüberzugehen. Aber wird er mit mir reden? Oder ist er beleidigt?

Noch ehe ich dazu komme, die Klingel an seiner Haustür zu drücken, öffnet er mir schon. »Kati? Alles in Ordnung?« Er sieht mich fragend an. Um die Hüften trägt er einen Handwerkergürtel. Die Wunde in seinem Gesicht ist leicht blau unterlaufen, sieht jedoch recht gut aus. Sicherlich hat er meinen Rat befolgt und sie noch gekühlt.

»Hey, ich wollte dich nicht stören, aber meine Dusche … sie funktioniert schon wieder nicht. Das Wasser ist eisig kalt. Könntest du dir das bitte mal ansehen?«

Eine kurze Weile liegen unsere Blicke aufeinander.

»Okay, klar, ich komme mit.«

Das war ja einfacher als befürchtet, und ich versuche, mir meine Erleichterung nicht anmerken zu lassen.

Bei mir im Bad angekommen, dreht Keno erst an allen möglichen Knöpfen und Reglern, ehe er beginnt, an der Dusche herumzuschrauben. Ich lehne mich gegen den Türrahmen und betrachte ihn. Irgendetwas an ihm zieht mich an, obwohl ich mich gar nicht zu ihm hingezogen fühle. So ein verdammter, blöder Mist.

»Was ist?«, fragt er mit einem Mal, und ich zucke zusammen.

»Ähm, nichts. Ich schaue dir nur zu und hoffe, dass die Dusche bald wieder funktioniert.«

Er schraubt noch kurz am Thermostat, dann lässt er den Schraubenzieher sinken und dreht sich zu mir herum. Begeistert sieht er nicht gerade aus. Eher irgendwie … bedauernd.

Oh Mann, was kommt jetzt? *Diese Dusche wird niemals wieder funktionieren, es tut mir leid. Wenn Wärme benötigt wird, dann in Zukunft nur durch Körperhitze.*

Was? Meine Gedanken spielen echt mal wieder verrückt. Das ist ja eine Katastrophe.

»Alles okay, Kati?« Keno reißt mich aus dem Wirrwarr in meinem Kopf, und ich nicke.

»Ja, ja, alles gut. Also, was ist mit der Dusche, ist sie noch zu retten?«

Er lacht. »Alles halb so dramatisch. Ich brauche nur ein bestimmtes Ersatzteil. Dazu muss ich allerdings in die Stadt fahren.«

Auch das noch. Ich hatte gedacht, das Problem sei schneller zu beheben. Aber na ja, dann ist es eben so. Wenigstens habe ich mich ja schon gewaschen. Und wenn es spätestens morgen erledigt ist, kann ich ganz entspannt sein. »Und wann kann ich wieder mit warmem Wasser rechnen?«

Er blickt auf die Uhr. »Wenn ich alles besorgt habe, muss ich noch meine Tour zu Ende bringen. Ich würde sagen, heute Abend irgendwann.«

Okay, noch besser. »Das ist auf alle Fälle auszuhalten«, antworte ich.

Wir verlassen das Bad und durchqueren den Flur. Vor der Haustür bleibt Keno stehen. »Ist wirklich alles gut?«, fragt er. »Du wirkst, als wolltest du noch was sagen.«

Ach, verdammt.

»Also nein, das heißt, ja … Tut mir leid, es war bescheuert von mir, dass ich dich gestern ignoriert und dann auch noch so ein Drama gemacht habe. Wirklich. Und überhaupt mein ganzes Benehmen. Keine Ahnung, was los war, was ich mir dabei gedacht habe. Jedenfalls war es nicht in Ordnung. Es war einfach unnötig. Wir lernen uns kennen, und mehr ist da ja nicht. Irgendwie bin ich nach dem, was in letzter Zeit passiert ist, manchmal so verkopft. Ich habe mich dauernd gefragt, warum du erst so gemein warst und dann auf einmal nett. Verstehst du?«

Ein paar Augenblicke sagt er nichts, dann lächelt er. »Wenn du willst, kannst du gern mitkommen.«

Mitkommen? Meint er das ernst?

»So siehst du auch gleich etwas von der Umgebung, und wir können zwischendurch immer mal wieder ein bisschen quatschen. Eine etwas andere Rundfahrt sozusagen. Für einen Strandtag ist das Wetter ohnehin zu schlecht. Der Wind weht schon ziemlich heftig, und für heute ist auch noch ein kleiner Meeressturm gemeldet. Deswegen würde ich am liebsten gleich losfahren. Also?«

Ich sehe nach draußen. Tatsächlich, die Sonne hat sich hinter die Wolken verkrochen. Ich habe ja wirklich nichts vor, und so wäre ich wenigstens beschäftigt. Also nicke ich. »Gut, ich komme mit.«

Keno lächelt. »Prima, dann lass uns fahren.«

Keine Viertelstunde später sitzen wir in Kenos Auto und fahren in Richtung Ortsmitte.

»Was musst du denn auf dieser Tour machen, von der du vorhin gesprochen hast?«, frage ich.

»Na ja, ich bin eine Art Mädchen für alles. Auch wenn meine Mitarbeiter vieles für mich regeln, sehe ich hin und wieder schon gern bei den Stammkunden nach dem Rechten. Wenn es mal Probleme mit den Rohren oder Dichtungen gibt, die Heizung nicht funktioniert … Was eben so anfällt.«

»Das klingt interessant.«

Er lacht. »Ja, sehr! Ab und zu sind ganz interessante Sachen dabei. Oder man hat sehr nette Gespräche.«

»Und wohin geht es jetzt?«

»Unser erster Stopp ist bei einer älteren Dame. Da ist irgendwas mit dem Abfluss nicht in Ordnung«, erklärt er und biegt an der nächsten Kreuzung nach links ab.

Ich sehe mich um. Wenn ich mich nicht irre, sind wir in der Nähe von Neles Laden, zumindest kommt mir die Umgebung bekannt vor.

Nach ein paar Minuten stellt Keno das Auto am Straßenrand ab, steigt aus und öffnet den Kofferraum. »Kommst du?«, ruft er mir zu. »Ich hole eben noch die Werkzeugkiste.«

Ich steige ebenfalls aus und folge ihm zu einem kleinen Häuschen. Während wir am Eingang warten, bis jemand kommt, werfe ich einen Blick auf das Klingelschild, auf dem der Name Lichtenberg steht.

Kurze Zeit später öffnet uns eine Frau mit weißen Haaren. Ich erkenne sie auf Anhieb. Es ist die Frau, mit der ich auf der Promenade über das Meer gesprochen habe.

»Moin, Keno«, sagt sie fröhlich. »Danke fürs Kommen. Ich weiß auch nicht, was ich da wieder gemacht habe. Aber der Abfluss ist einfach verstopft.«

Er lächelt. »Das kriegen wir schon hin. Ich habe heute eine Helferin dabei. Das ist Kati«, stellt er mich vor.

»Was für ein schöner Zufall«, meint sie und lächelt mir zu. »Wir sind uns doch schon einmal begegnet, oder?«

Ich nicke. »Ja, das stimmt. Auf der Promenade. Wir haben uns über das Meer unterhalten.«

»Genau. Aber kommt erst mal rein. Möchtet ihr gern einen Tee?«

Ich kann absolut nicht widerstehen, und so brüht Frau Lichtenberg, während Keno den Abfluss reinigt, eine Kanne Tee auf und stellt kleine Gebäckteilchen dazu. »Marzipan, ich liebe es einfach«, sagt sie.

Bei ihren Worten muss ich an die leckere Marzipantorte denken, die ich zusammen mit Nele in dem kleinen Café am Hafen gegessen habe. Augenblicklich läuft mir das Wasser im Mund zusammen.

Frau Lichtenberg setzt sich mir gegenüber, nimmt sich eines der Teilchen und beißt hinein. »Himmlisch! Probieren Sie mal, Kati.«

Ich greife ebenfalls nach einem Teilchen, und als ich das Marzipan auf der Zunge spüre, seufze ich genüsslich auf. Ehrlich gesagt hatte ich Marzipan nie so wirklich auf dem Schirm, aber nun habe ich schon zum zweiten Mal, seit ich hier bin, welches gegessen. Die Torte war schon unheimlich gut, doch die kleinen Teilchen stehen ihr in nichts nach.

»Keno? Du auch?«, fragt Frau Lichtenberg.

Er wendet sich zu uns um. »Nachher. Gleich ist der Abfluss wieder frei.«

»Und, genießen Sie Ihren Urlaub, Kati?«, will sie nun von mir wissen.

»Ja, auf jeden Fall.«

»Das freut mich. Darf ich fragen, wo Sie untergebracht sind? Oder …« Sie sieht zu Keno, und ich winke ab.

»Nein, also wir … ich bin seine Nachbarin. Ich wohne im *Meeresrufen*.«

»Tatsächlich?« Mit einem Mal liegt in Frau Lichtenbergs Blick etwas, das ich nicht deuten kann. Doch dann zieht sich ein warmes Lächeln über ihre faltigen Lippen. »Das freut mich sehr. Wie gefällt es Ihnen dort? Schon etwas Magisches geträumt?« Nun gluckst sie beinahe vor Freude.

»Sie meinen die Legende, oder?«

»Ja, aber es ist mehr als das.«

Mittlerweile hat sich auch Keno zu uns an den Tisch gesetzt. »Jetzt bin ich aber auch neugierig«, sagt er.

Frau Lichtenberg hebt den Zeigefinger. »Es heißt, dass das Rufen des Meeres den Bewohnern des Hauses zeigt, wonach sie sich wirklich im Herzen sehnen. Und das ist nicht nur eine Geschichte, es hat schon seinen Grund, dass man sich das erzählt. Die Familie, der das Haus vor langer Zeit gehörte, hat ihr Herz für das Meer geöffnet, so sagt man. Und sie hat dieses Haus hinterlassen.« Sie nimmt einen Schluck von ihrem Tee und lächelt. »Hatten Sie denn schon besondere Träume, Kati?«

Bei ihrer Frage werden meine Wangen spürbar rot. Mein Blick trifft auf den von Keno, und Frau Lichtenberg beginnt zu lachen. »Also ja.« Sie wendet sich Keno zu. »Und der Abfluss funktioniert wieder?«

»Einwandfrei, praktisch wie neu.« Keno sieht auf die Uhr. »Ich bin immer gern hier bei Ihnen, Frau

Lichtenberg, doch jetzt müssen wir leider los. Wir brauchen noch ein Ersatzteil für Katis Dusche, sonst war es das mit dem warmen Wasser.«

»Aber natürlich, lasst euch nicht aufhalten.« Sie begleitet uns noch bis zur Tür. »Vielen Dank, Keno, und du schickst mir die Rechnung, ja?«

»Geht klar. Also bis zum nächsten Mal.«

Während Keno sich schon auf den Weg zum Auto macht, verabschiede ich mich von Frau Lichtenberg. »Danke für den Tee und die leckeren Marzipanteilchen.«

»Sehr gern.« Sie hält meine Hand fest. »Alles Liebe für Sie, Kati. Ich habe Ihnen ja schon gesagt, wenn man im Leben mehr will, muss man auch bereit sein, mehr zu geben und zu riskieren. Aber Ihr Herz wird es schon richtig machen.«

Was für ein Zufall, dass wir heute bei ihr waren.

Schließlich setze ich mich zu Keno ins Auto. Als er den Motor startet, winke ich Frau Lichtenberg noch einmal zu. »Sie ist einfach unglaublich herzlich«, sage ich. »Und die Sache mit der Legende fand ich ziemlich spannend. Nicht, dass ich an so etwas glaube …« Ich stocke.

Ja, denn wenn an dieser Legende etwas dran wäre, würde auch mein Traum mit Keno bedeuten, dass mehr dahintersteckt. Und das ist absolut nicht so – oder vielleicht doch?

Bereit, Licht zu machen?

Kurze Zeit später biegt Keno auf den Parkplatz eines Sanitärfachhandels ein und stellt das Auto dort ab.

»So, dann wollen wir mal das Ersatzteil für deine Dusche besorgen, damit du deinen Luxushintern nicht mehr unter das kalte Wasser stellen musst«, sagt er, während er seinen Sicherheitsgurt löst.

Sofort werden meine Wangen rot.

»Wobei das mit dem Luxushintern diesmal nett gemeint war«, fügt er hinzu.

»Ja, das war es.« Ich räuspere mich. »Dein Hintern ist übrigens auch nicht so schlimm. Ich kenne ihn mittlerweile ein wenig.«

Keno lacht. »Okay, dann kann ich ihn ab jetzt ohne Probleme nackt in deine Richtung strecken.«

Ich hebe die Hand. »So war das jetzt auch wieder nicht gemeint.«

»Du kannst auch gern mitmachen. Vielleicht findet dein Luxushintern ja Gefallen daran, neben meinem im Meer zu stehen und den Tag zu begrüßen. Am Ende soll es womöglich so sein?«

Ich muss kichern. Eigentlich ist das echt absurd, trotzdem finde ich die Vorstellung irgendwie gar nicht so übel.

Keno grinst mich von der Seite an. »Du denkst darüber nach, ich erkenne es in deinem Blick.«

»Nein, das tue ich nicht!«

Lachend zieht er den Schlüssel aus dem Zündschloss und sieht mich auf eine Weise an, die mich ganz nervös macht. Intensiv und durchdringend. Warum mag ich diesen Kerl nur?

Mein Blick schweift zu seinen Lippen, seinem Bart, zu seinen Augen, der Wunde dort. Ja, das mit ihm ist verrückt, aber Tatsache ist auch, dass die Gefühle, die er in mir auslöst, nun mal da sind.

»Los jetzt, lass uns gehen«, sage ich, dann steige ich aus und gehe auf das Geschäft zu. Ich blicke über die Schulter zurück und sehe, dass Keno mir folgt – mit einem unübersehbaren Lächeln auf den Lippen.

An der Eingangstür hat er mich eingeholt. Ich atme kurz seinen Duft ein, und unsere Augen treffen sich erneut. Ich muss mich ablenken. Es geht um das Ersatzteil, darum, meine Dusche zu retten.

»Und was brauchen wir jetzt?«, frage ich deshalb schnell.

»Ein Ersatzteil für das Thermostat, damit sollte es wieder funktionieren.«

Nachdem wir den Laden betreten haben, steuert Keno zielstrebig auf den Informationsschalter zu, hinter dem eine junge Frau mit dunklen Haaren sitzt.

Sie lächelt ihm zu. »Keno, hey. Was brauchst du heute? Oder trinken wir erst einen kleinen Kaffee? Ach, wen hast du denn da mitgebracht?«

Ja klar, einen Kaffee also. Irgendwas mögen die Frauen an Keno, das ist klar.

»Moin, Senta. Nein, heute keinen Kaffee. Und das ist Kati, ich muss ihre Dusche reparieren.«

»Da bist du aber beim Besten seiner Zunft gelandet, liebe Kati«, meint sie mit einem Augenzwinkern, ehe sie sich wieder Keno zuwendet. »Was brauchst du denn genau?«

»Ein Ersatzteil für ein Duschthermostat, und zwar …« Während er ihr erläutert, was er benötigt, klinke ich mich aus und sehe mich ein wenig um. Das Geschäft ist ziemlich groß, und ich bin beinahe erschlagen, was es hier alles gibt. Für jemanden, der auf solche Dinge steht, muss es der Traum schlechthin sein.

»Deine Dusche ist also kalt? Das ist echt mies«, drängt sich Sentas Stimme in meine Gedanken, und ich drehe mich zu ihr um.

»Stimmt, das ist ziemlich gemein. Deswegen bin ich froh, wenn das behoben ist.«

»Kann ich mir gut vorstellen. Bei Keno bist du auf jeden Fall an der richtigen Adresse, er kann so ziemlich alles reparieren.«

Es dauert nicht lange, bis ein Mitarbeiter in einem grünen Poloshirt erscheint und Keno das gewünschte Teil aushändigt.

»Danke«, sagt Keno und hebt die Hand in Sentas Richtung. »War wie immer schön, dich zu sehen. Das nächste Mal trinken wir wieder 'nen Kaffee, ja?«

Als wir zurück zum Auto gehen, hat sich der Himmel schon ziemlich zugezogen und der Wind spürbar aufgefrischt.

»Das könnte ein heftiger Sturm werden«, meint Keno. »Mir war zwar klar, dass es ein Unwetter geben wird, doch so schnell … Na ja, das Wetter an der Ostsee ist unberechenbar. Ich glaube, ich verschiebe mal meine anderen Termine, und wir fahren gleich wieder heim. Du hast Glück, dann wird deine Dusche früher fertig, als du dachtest.«

»Ehrlich?« Ich blicke zum Himmel. »So schlimm sieht es doch gar nicht aus, aber ich bin da auch nicht so die Expertin.«

In der Tat fröstelt es mich jetzt doch ein wenig, also setze ich mich schon mal ins Auto, während Keno sein Handy aus der Tasche zieht und zu telefonieren beginnt. Ich mustere ihn. Wie er dasteht, ins Telefon lacht, sich dabei bewegt, den Gürtel um die Hüften …

Was ist eigentlich los mit mir? Er ist doch gar nicht so sexy mit diesen verwilderten Haaren und dem Bart.

Oder er ist doch sexy, gerade deswegen …

Wieder sind die Bilder unserer Nacht in meinem Kopf. Sie schleichen sich einfach so an, als hätte sie der stürmische Wind mir zurück ins Gedächtnis geblasen.

Weg mit ihnen, raus aus meinem Kopf!

Kurze Zeit später kommt Keno zum Auto und setzt sich neben mich. »Dann wollen wir mal wieder zurück. Warum bist du denn so rot im Gesicht?«

Ich hebe eine Augenbraue. Was? Ich bin doch nicht rot – oder doch? »Ähm, ich … Bin ich das?«

Er lacht, sagt aber nichts weiter, denn in diesem Augenblick beginnt sein Handy zu klingeln. Er zieht das Telefon aus der Tasche und nimmt das Gespräch an. »Hallo, Helga. Ach herrje, klar, das ist sehr wichtig. Ist ja gerade Flut. … Ich denke, es dauert noch ein wenig, bis es losgeht. … Das bekomme ich hin, ich fahre gleich zum Hafen und hole den Schlüssel. … Genau, bis gleich!« Er legt auf und sieht mich an. »Das mit der Dusche wird leider nichts. Ich setze dich zu Hause ab und fahre dann zum Hafen. Wobei, das ist schon ein Umweg, und der Sturm …«

»Kannst du dich bitte mal etwas deutlicher ausdrücken?«

»Entschuldige. Ich muss am Leuchtturm eine Lampe austauschen. Bei dem Sturm, der jetzt aufkommt, ist das wichtig. Ich muss also zum Hafen, den Schlüssel holen und dann mit dem Boot raus.«

»Du kannst mit einem Boot fahren?«

Er grinst. »Natürlich kann ich mit einem Boot fahren. Aber in diesem Fall fahre ich nicht selbst.«

Irgendwie finde ich das Ganze total spannend. »Okay, und was ist mit mir?«

»Ich kann dich vorher noch heimfahren - oder du kommst einfach mit. Wirst du leicht seekrank?«

Was ist das denn für eine Frage? Woher soll ich das wissen? »Keine Ahnung, ich bin nicht so oft auf dem Meer unterwegs. Ich denke mal nicht, aber ...«

Er winkt ab. »Ach, vergiss es, war eine blöde Idee. Ich dachte nur, du könntest mir zur Hand gehen, und außerdem würde es schneller gehen, wenn ich nicht erst noch dich daheim abliefern muss. Was meinst du?«

»Ich soll dir dabei helfen, das Licht an einem Leuchtturm auszutauschen?«

»Es geht ja nur um ein paar kleine Hilfestellungen.« Sein Blick wird intensiver. »Du wolltest doch ein Abenteuer, oder? Ich denke, so ein Abenteuer wirst du so schnell nicht mehr erleben.«

Keno hat recht, es ist verrückt. Trotzdem nicke ich. »Und es kann auch nichts passieren?«, hake ich nach. Er zuckt mit den Schultern, was nicht gerade vertrauenswürdig wirkt, aber okay. »Also los, ich bin dabei. Fahren wir.«

Er startet den Motor, und nach knapp zehn Minuten Fahrt erreichen wir den Hafen. Während Keno den Wagen abstellt, sehe ich mich um. Ein paar Leute sind noch unterwegs, sitzen auf der Mauer an der Promenade oder spazieren umher. Kurz denke ich an Frau Lichtenberg, die mir hier zum ersten Mal begegnet ist.

»Jetzt gehen wir schnell zu Helen«, sagt Keno, »holen alles, was wir brauchen, vor allem den Schlüssel, und dann fahren wir mit dem Boot raus. Bist du bereit?«

Ich komme nicht zum Antworten, denn Keno steigt schon aus, und ich muss mich beeilen, ihm zu folgen. Wir gehen auf ein kleines Reetdachhäuschen zu, wo wir schon von einer Frau empfangen werden, die uns herzlich zulächelt. »Ach, Keno, auf dich kann man sich eben verlassen«, meint sie.

»Ist doch selbstverständlich, Helen. Das ist übrigens Kati, sie begleitet mich.«

»Hey, Kati, das ist ja ein Zufall.« Ich erkenne sie natürlich auch sofort wieder. Sie sieht mich fragend an. »Ich dachte, du bist Arzthelferin? Nele hat jedenfalls so was erzählt.«

»Das ist Kati ja auch, aber sie kann mir trotzdem zur Hand gehen«, erklärt Keno. »Ich habe gerade keinen meiner Leute zur Verfügung. Und ich brauche jemanden, der mir assistiert, wenn wir das Licht austauschen müssen.«

»Klar, kein Problem. Also dann, hier ist die Schutzkleidung und der Koffer mit dem Werkzeug. Passt gut auf euch auf, ja?«

Keno greift nach dem Koffer und deutet auf die Kleidung. »Schlüpfst du da auch gleich rein?«, fragt er mich.

Ich folge seiner Bitte und fühle mich schlagartig wie ein Marsmensch. Oder als würde ich kurz davor stehen, auf den Mond zu fliegen.

Auf was habe ich mich da nur eingelassen?

»Kommt gut zurück«, ruft Helen uns noch nach, während wir uns schon auf den Weg zur Bootsanlegestelle machen.

»Das kleine rote Boot da vorn ist unseres«, erklärt mir Keno, während wir in unserer Schutzkleidung auf das Boot zulaufen. »Knut wird uns hinbringen und auch wieder abholen. Wir müssten alles noch gut schaffen, es ist zwar windig, aber ansonsten noch nicht weiter problematisch.«

Ein Mann um die sechzig mit einem langen, dichten Bart erwartet uns bereits. »Moin, dann lasst uns gleich mal fahren, damit wir keine Zeit verlieren.«

Ehe ich darüber nachdenken kann, was ich da gerade tue, gehen wir schon an Bord. Ich, Kati, fahre während eines aufziehenden Sturms mit einem Boot und werde gleich dabei helfen, die Beleuchtung eines Leuchtturms zu reparieren. Hätte mir das jemand noch vor einer Woche vorhergesagt, hätte ich denjenigen für absolut verrückt erklärt.

Es geht ein Stück über das Meer, das bereits recht unruhig ist. Die Wellen reiben sich am Boot auf, und es schaukelt ziemlich. Jetzt kann ich auch nachvollziehen, was Keno mit seiner Frage, ob ich leicht seekrank werde, gemeint hat. Doch noch fühle ich mich gut.

Schließlich erreichen wir den rot-weiß gestreiften Turm, der unweit des Hafens im Meer steht. Während Knut mit dem Boot anlegt, sieht Keno mich an. »Also, bist du bereit, Licht zu machen?«

Das Meer hat seine ganz eigene Magie.
Du musst nur darauf hören.

Eine Nacht wie im Traum

»So, Operation geglückt. Jetzt müssen wir nur noch sehen, ob es funktioniert.« Keno drückt einen Hebel und nickt zufrieden. Alle Lichter leuchten wieder. Perfekt.

»Was klappert da eigentlich so?«, will ich wissen.

»Das sind Otterblenden. Wenn sie sich öffnen, dringt weißes Licht heraus, und der Rhythmus zeigt den Schiffen an, was sie wissen müssen.«

»Das klingt spannend.« Ich sehe aufs Meer hinaus. Der Wind tobt bereits ganz schön und jagt eine Welle nach der anderen gegen den Leuchtturm.

»Knut müsste gleich hier sein«, sagt Keno, der meinem Blick gefolgt ist. »Der Sturm ist doch schon recht nah.«

Auf einmal ertönt ein Piepen.

»Was war das?«

»Das Funkgerät. Moment.« Es rauscht, und Keno drückt eine Taste am Gerät. »Keno auf Kolldomm. Wie ist die Lage?«

»Keno, es tut mir sehr leid, aber der Sturm ist schon zu stark. Ich kann nicht rausfahren. Wir müssen erst mal abwarten.«

Ich schlucke, doch Keno wirkt entspannt. »Kein Problem, dann warten wir. Bleibt uns ja nichts anderes übrig.« Er lacht und drückt wieder die Taste. »Over.«

»Over«, kommt es noch aus dem Gerät, dann ist es still.

»Und was heißt das jetzt?«, frage ich. Meine Stimme klingt schon ein wenig nervös.

»Das heißt, wir müssen abwarten, bis der Sturm vorbei ist. Das kann auch bis morgen früh dauern. Aber hey, wer kann schon von sich behaupten, in einem Leuchtturm übernachtet zu haben?«

»Was, wir sitzen hier fest?«

»Nur bis der Sturm vorüber ist, Kati, keine Panik.«

Keine Panik, von wegen. »Das ist doch sicher gefährlich.« Tausend Gedanken rauschen mir durch den Kopf.

»Keine Sorge, der Leuchtturm hat schon so manchen Sturm unbeschadet überstanden. Wir haben hier alles, was wir brauchen: Wasser, eine Toilette, Betten, etwas zu essen ...« Trotzdem hämmert mein Herz vor Aufregung. Keno legt die Hand auf meinen Arm. »Pass auf, sei ganz entspannt. Lass uns ins Stübchen runtergehen, da sehen wir das Meer auch und haben es gemütlicher. Hier ist alles dafür eingerichtet, dass jemand über Nacht dableibt. Das passiert oft, wenn zum Beispiel größere Wartungen anstehen. Du wirst sehen, es ist alles halb so wild.«

Mit zitternden Knien folge ich Keno die Treppe hinunter. Was soll ich auch sonst tun? Wir betreten einen Raum, in dem sich ein Bett, ein Schrank, ein Regal und ein Tisch mit zwei Stühlen befinden, dazu gibt es eine kleine Kochzeile. »Siehst du, hier kann man es aushalten«, meint er.

Ich reibe mir über die Arme. Irgendwie ist es kühl hier drinnen – oder bin ich nur so nervös? Aber ist das nicht völlig normal?

Keno öffnet den Schrank. »Perfekt, Decken haben wir auch, da kannst du dich gleich einkuscheln.« Er reicht mir eine der Decken, ich wickle mich darin ein, und schließlich sitzen wir am Tisch und blicken aus dem Fenster. Draußen tobt der Sturm jetzt immer heftiger.

Ich muss sagen, es ist ein schönes Gefühl, mit Keno hier zu sein – wenn auch etwas seltsam, denn in meinem Traum waren wir ja auch in einem Leuchtturm. Langsam wird die Sache echt merkwürdig. Ich denke an die Worte von Frau Lichtenberg … Aber nein, das ist doch alles Unsinn. Als würde das Meer tatsächlich das Rufen meines Herzens fühlen.

Nach einer Weile klingelt Kenos Handy. Ich erhasche einen Blick auf das Display und sehe, dass es Bea ist. An dieser Stelle bin ich ein wenig überfordert. Wann ist es normal, etwas zu fühlen? Und wann ist es zu viel? Ich weiß es nicht.

»Ich muss kurz rangehen«, sagt Keno, und ich nicke. Er kann doch machen, was er will.

»Hey. … Nein, heute wird es nichts mehr, aber morgen gern. Bin gerade im Leuchtturm, wegen des Sturms muss ich warten. … Gut, also bis dann.«

Nachdem er aufgelegt hat, verdrehe ich die Augen. »Arme Bea, heute kein heißes Gestöhne mit dir?«

Er sieht mich fragend an. »Weißt du, was strange ist, Kati? Du kannst es immer noch nicht lassen. Also frag mich endlich!« Er hebt eine Augenbraue und grinst.

»Okay.« Ich atme tief durch. »Läuft da was mit dieser Bea? Und hast du Ludwig seine Frau ausgespannt?« Jetzt ist es raus, einfach so, ganz direkt. Denn Keno hat recht. Was soll dieses Drama?

Mit einem Mal beginnt er, laut zu lachen. Er lacht so lange, bis er sich eine Träne aus dem Augenwinkel tupfen muss, während ich dasitze und absolut nichts mehr kapiere.

Nachdem er sich wieder beruhigt hat, schüttelt er belustigt den Kopf. »Tut mir leid, aber ich kann nicht mehr. Ich wusste ja bereits, dass du das mit

Bea glaubst, das hatten wir schon mal indirekt. Pass auf, um es ein für alle Mal zu klären: Bea ist erstens eine Kundin und zweitens ausgebildete Gesangslehrerin. Ich muss in ein paar Wochen bei einem Reedereifest mitsingen, deswegen haben wir geübt. Das Gestöhne, wie du es nennst, waren einfache Atemübungen. Ach, Kati.« Er fährt sich lachend mit der Hand über die Augen. »Und wegen Ludwig: Die Geschichte war genau andersherum. Meine Freundin hatte eine Affäre mit ihm, dabei standen wir kurz vor der Hochzeit. Er ist ein Idiot und baggert dauernd die Frauen anderer Männer an. Du mit ihm, das ging absolut nicht, und so habe ich rotgesehen. Hätten wir das damit geklärt, liebe Kati?«

Verblüfft und auch etwas verschämt starre ich ihn an.

Keno greift nach meiner Hand. »Schau nicht so. Egal, was du dir ausgemalt hast, es ist nicht passiert und wird auch niemals passieren.«

Ich spüre, wie ich rot werde. Das ist ja so was von peinlich. »Du hättest es auch gleich aufklären können, gestern schon. Ich habe mich echt mies gefühlt«, murmle ich.

»Und du hättest einfach nachfragen können.«

»Ja, das ist wohl wahr. Aber irgendwie bin ich im Moment so misstrauisch. Was bescheuert ist, ich weiß. Tut mir leid.«

Mit einem Mal braust der Wind auf, und ich zucke zusammen. Keno streicht mir beruhigend über die Hand. »Alles gut, du brauchst keine Angst zu haben. Und glaub mir, ich weiß, wie das mit dem Misstrauen ist.«

Ich kann gar nicht sagen, wie viel Zeit vergangen ist, als er seine Hand wegzieht und aufsteht. Die Wärme seiner Haut kann ich aber noch immer spüren. Er geht hinüber zum Regal und kommt mit einem Stapel Spielkarten zurück. »Wir sollten uns etwas ablenken. Was hältst du hiervon?«

»Karten?«

Er lächelt. »Diesmal wirst du diejenige sein, die stöhnt, weil ich dich fertigmachen werde. Nicht umsonst nennt man mich den Kartenspielkönig.«

»Na schön, Herausforderung angenommen!«

Er setzt sich mir gegenüber, mischt die Karten und teilt sie aus.

Und so sitzen wir also in einem Leuchtturm und spielen Karten. Keno schaut mit der Zeit ganz schön dumm aus der Wäsche, denn erstaunlicherweise bin immer ich es, die gewinnt. Ha! Mittlerweile sind wir bereits bei der fünften Runde angelangt.

»Ich gewinne schon wieder«, rufe ich und lege die letzte Karte ab. »Uno, Uno! Von wegen Kartenspielkönig.« Ich zwinkere ihm zu. »Willst du noch mal, oder hast du keine Lust mehr zu verlieren?«

Er lächelt. »Wir könnten auch einfach ein bisschen reden, damit wir uns noch besser kennenlernen. Du kannst mich alles fragen, dann gibt es nämlich keine Missverständnisse mehr. Oder Dinge, die man sich ausmalt.«

Das ist vielleicht gar keine so schlechte Idee.

»Also gut«, antworte ich und überlege kurz. »Warum warst du an dem Tag, als ich hier angekommen bin und vor deiner Einfahrt geparkt habe, so schlecht gelaunt?«

»Ehrlich gesagt hat es mir nicht gepasst, dass Svantje das Haus einfach vermietet hat. Und das hast du abbekommen.«

Sein Blick verbindet sich mit meinem.

»Und warum?«

»Du hast ja die Fassade gesehen, ich wollte sie noch renovieren. Und auch den Schuppen daneben. Ich hatte es dem Besitzer versprochen. Innen hatte ich schon alles fertig – gut, bis auf die Sache mit der Dusche. Es hat mich einfach gestört, dass ich nicht weitermachen konnte.«

Irgendwie scheint ihm das wichtig zu sein. Doch nicht nur ihm, das Haus scheint für viele Menschen eine Bedeutung zu haben.

»Aber wen meinst du denn mit *Besitzer*? Svantje? Gehört ihr das Haus denn nicht?«

»Nein, Svantje verwaltet nur alles, bis die Besitzverhältnisse geklärt sind. Das Haus hat einem Mann gehört, den ich echt gern mochte, doch er ist leider verstorben. Dennoch wollte ich es fertig machen, für ihn, nach seinen Vorstellungen. Ich weiß, dass es Unsinn ist, aber der Gedanke war nun mal in meinem Kopf. Dass Svantje das Haus einfach so vermietet hat, hat mich in dem Moment überfordert. Sie meinte, du bist die Freundin einer guten Bekannten, und ich soll mich zusammenreißen, was ich dann auch getan habe. Es war ja auch bescheuert von mir, doch ich war in dem Moment so traurig und wütend.«

Er hat also auch jemanden verloren, den er gern mochte.

»Ich verstehe das sehr gut«, antworte ich nur.

Dann sitzen wir da und hängen unseren Gedanken nach.

»Weißt du, was mich auch beschäftigt?«, sage ich nach einer Weile. »Ich habe ein paar E-Mails aus der Praxis bekommen, von meinem neuen Chef. Er hat mich gefragt, ob ich nach dem Urlaub wiederkomme. Ich hätte ihm schreiben können, dass ich in ein paar Tagen wieder da bin, doch das habe ich nicht getan.«

»Du schiebst es vor dir her? Warum?«

»Weil ich tatsächlich darüber nachdenke, neu anzufangen.«

Ich muss an Frau Lichtenberg denken. Was hat sie noch mal zu mir gesagt? Wenn man im Leben mehr will, muss man auch bereit sein, mehr zu riskieren. Und ich denke an den Traum. Sehnt sich mein Herz vielleicht danach, hier zu sein?

Mit einem Mal ist da etwas in Kenos Blick, das mich greift. Und dann überkommt es mich. Mein Herz klopft wie verrückt. Es will mehr.

»Und woran denkst du gerade?«, flüstere ich.

Keno lächelt, doch bevor er etwas antworten kann, gibt es einen lauten Knall, und ich rücke vor Schreck nah an ihn heran. Ganz plötzlich spüre ich in mir wieder diese Sehnsucht.

»Ich habe daran gedacht, dass ich jetzt weiß, was ich will, und bereit bin … mehr zu riskieren.«

So wie der Wind erneut aufbraust, so heftig klopft auch mein Herz. In meinem Brustkorb pocht es so laut, dass Keno es hören muss.

Er beugt den Kopf zu mir und kommt näher und näher – so lange, bis unsere Lippen sich berühren. Verdammt, es ist ganz schön romantisch hier. Nur wir beide, das Meer und der Sturm, in einem Leuchtturm … Und Keno, er schmeckt so gut.

Während unsere Lippen verschmelzen, finden sich auch unsere Finger. Zaghaft und vorsichtig verhaken sie sich. Ich mag dieses Gefühl. Mehr noch, ich würde am liebsten nie wieder darauf verzichten. Weil es sich so gut anfühlt, romantisch, irreal. Wie in einem Buch. Wann passiert so etwas schon im echten Leben?

Als wir den Kuss kurz unterbrechen, sieht Keno mich an. Das Blau seiner Augen haftet auf mir, und irgendwie ist da mehr. Als wollte er mich fragen. Ich gebe ihm mit meinem Blick die stille Antwort. Er legt die Hände um meine Taille, zieht mich zu sich auf seinen Schoß, und erneut verschmelzen unsere Lippen, während draußen weiter der Sturm tobt. Doch das, was gerade mit uns passiert, ist noch viel aufwühlender. Da ist so viel Leidenschaft. Schon als wir uns das erste Mal so nah waren, konnte ich das spüren. Als sollte es so sein. Mein Herz klopft gegen seine Brust, seine Hand liegt an meiner Wange, und ich genieße das Prickeln seiner Lippen.

Irgendwann hebt Keno mich hoch und trägt mich zum Bett. Er liegt auf mir, und ich schlinge die Beine um seine Hüften. Ihn so nah zu fühlen, erregt mich, lässt meinen Puls schneller schlagen. Ich will seine Haut fühlen, also fahre ich unter sein Shirt, streichle die Haare auf seiner Brust. Jede Faser meines Körpers sehnt sich nach ihm. Es ist ganz anders als mit jedem anderen zuvor. Seine Berührungen fühlen sich so sinnlich an.

»Ich will …«, flüstere ich gegen seine Lippen.

»Was denn?«

»Noch mehr.«

Er lächelt. »Ich auch, Kati.«

Ohne uns abzusprechen, setzen wir uns auf und befreien uns von unserer Kleidung, folgen dem Verlangen und der Sehnsucht, einander ganz nah zu sein.

Als Keno mich anschließend wieder küsst und unsere Körper sich dabei vereinen, verliere ich mich endgültig in meinen Gefühlen, in dieser Leidenschaft, die er in mir auslöst. Zwischen uns funktioniert und passt es einfach, da ist eine solche Harmonie, kein merkwürdiges Gefühl. Am liebsten wäre es mir, wenn er niemals aufhören würde, wenn wir für immer zusammenbleiben könnten, hier in diesem Leuchtturm oder wo auch immer. Es ist wie im Traum. Ich keuche auf, als seine Zunge über meine streicht und ich ihn in mir spüre. Wie intensiv ich das alles fühle, wie eine neue Dimension der Lust. Noch nie zuvor ist es mir so ergangen. Und während unser eigener leidenschaftlicher Sturm alles ringsherum vergessen lässt, rauschen die Wellen, die unsere Körper auslösen, durch uns hindurch.

So könnte es immer sein.

Daran könnte ich mich gewöhnen

Das Piepen des Funkgeräts holt mich aus dem leichten, kuscheligen Dämmerzustand. Es fühlt sich so wohlig an, nackt in Kenos Armen zu liegen. Immer wieder streichle ich ihm über die haarige Brust und atme den herben Duft ein, den er verströmt. Ich mag es, auch wenn es so ganz und gar anders ist als mit den Männern, mit denen ich vor ihm etwas hatte. Noch immer bin ich gefühlt ganz woanders. In mir sind so viele Emotionen. Weil es bei uns ganz anders angefangen hat. Und jetzt war es wie in meinem Traum. Zufall? Zumindest sind wir jetzt tatsächlich in einem Leuchtturm.

Niemals hätte ich gedacht, dass es mir mit Keno so guttun würde, zumal unser erstes, zweites und, ja, auch drittes Zusammentreffen alles andere als erfreulich ablief. Doch jetzt ist es ganz einfach mit uns beiden und fühlt sich unwahrscheinlich gut an. Ich würde am liebsten den ganzen Tag so verbringen. Aber ich befürchte, das wird nicht gehen, denn der Sturm ist unüberhörbar vorbei.

»Ich glaube, ich muss mal rangehen«, sagt Keno, und ich nicke, auch wenn ich es zu schade finde, dass ich gleich ohne ihn hier liegen werde. Seine heiße Haut fehlt mir schon jetzt. Oh Gott, was für kitschige Gedanken habe ich bitte?

Während er zum Funkgerät hinübergeht, setze ich mich auf und blicke aus dem Fenster. Draußen sieht es aus, als hätte es niemals einen Sturm gegeben. Das Meer ist ruhig, die Sonne strahlt von einem wolkenlosen Himmel.

»Der Sturm ist abgezogen«, ertönt Knuts Stimme aus dem Lautsprecher. »Wir können euch in einer halben Stunde abholen.«

»Danke, wir sind bereit. Bis gleich und over.« Keno dreht sich zu mir um und reckt den Daumen in die Höhe. »Dann sollten wir uns wohl mal anziehen«, meint er mit einem Augenzwinkern. »Wobei, von mir aus können wir gern auch so bleiben. Immerhin habe ich dich schon ein paarmal nackt gesehen.«

»Es könnte aber echt windig auf dem Boot werden«, gebe ich zu bedenken.

»Okay, dann lass uns lieber in unsere Klamotten schlüpfen.« Er kommt zu mir her und zieht mich an sich. »Es war sehr schön.«

»Ja, das finde ich auch.«

»Was hat Knut noch mal gesagt? Eine halbe Stunde?« Ein Grinsen breitet sich auf seinem Gesicht aus.

Und dann küsst er mich erneut.

Wenig später sitzen Keno und ich nebeneinander im Boot und fahren wieder an Land. Irgendwie fühlt es sich unwirklich an. Als würden wir aus einem schönen Traum wieder in die Wirklichkeit zurückkehren.

»Ich kann es noch gar nicht glauben«, sage ich und blicke voller Sehnsucht zum Leuchtturm zurück. »Es war so aufregend, oder?«

Keno lächelt. »Das war es in der Tat. Also, was wollen wir jetzt zusammen unternehmen?«

Ich lege den Zeigefinger an meine Lippen und tue so, als würde ich angestrengt nachdenken. »Ähm, eigentlich wollten wir ja gestern schon meine Dusche reparieren.«

»Stimmt. Und dann?«

Ich lege meine Hand auf seine Brust. »Lassen wir es doch einfach mal auf uns zukommen.«

»So, jetzt hast du wieder warmes Wasser.«

Ich halte die Hand unter den Wasserstrahl und seufze. »Perfekt, danke. Ich werde die Dusche gleich mal benutzen.«

»Mach das«, antwortet Keno. Er beginnt zu schmunzeln. »Ich werde auch mal rübergehen und …«

»Was?«

»Ebenfalls duschen.« Unsere Blicke treffen sich. »Und dann könnten wir ja vielleicht eine kleine Radtour machen?«, schlägt er vor.

»Musst du nicht arbeiten?«

»Ich kann mir die Zeit nehmen, denn ich hätte gern mehr Zeit mit dir.«

»Wir waren doch letzte Nacht schon zusammen in einem Leuchtturm eingesperrt«, sage ich mit gespielt ernster Miene.

»Schon, aber von mir aus darf es gern mehr sein. Und wenn du tatsächlich darüber nachdenkst, hierzubleiben, dann solltest du auch noch mehr von Travemünde sehen, zum Beispiel den schönsten Strand in der Umgebung.«

»Ich dachte, das ist unser Strand hier direkt am Haus?«

»Okay, dann zeige ich dir den zweitschönsten.«

Wie süß von ihm. Also überlege ich nicht lange. »Ich will auch mehr Zeit mit dir, Keno. Und dann sehen wir uns gleich. Auch wenn es nicht viel bringt, vor einer Radtour zu duschen, aber ich brauche das jetzt.«

Keno lacht. »Ich auch. Also dann, bis nachher.«

Nachdem Keno gegangen ist, sehe ich auf mein Handy, wo ich einige Nachrichten von Nele vorfinde. Natürlich rufe ich sie gleich an. Als ich ihr erzähle, was passiert ist, kann ich es selbst kaum glauben.

»Weißt du, was mich total freut?«, fragt Nele.

»Nein, was denn?«

»Dass du dich so glücklich anhörst wie schon lange nicht mehr.« Sie hat recht, denn genau so fühle ich mich auch. »Eine Nacht im Leuchtturm, so wie in deinem Traum.«

»Ja, ich weiß.« Mein Herz beginnt, schneller zu schlagen. »Meinst du, dass es stimmt, was man sich über das Haus erzählt?«

»Du meinst die Legende, dass Träume wahr werden?«

»Genau, und ich habe es sogar noch ein bisschen anders gehört.« Ich berichte ihr von Frau Lichtenberg und was sie uns über die Geschichte des Hauses erzählt hat.

»Keine Ahnung«, antwortet Nele, »ich habe das immer nur für Klatsch und Tratsch gehalten. Wie hieß die Frau noch mal?«

»Lichtenberg.«

»Irgendwie sagt mir der Name was, lass mich mal überlegen … Ja, ihrer Familie gehört die Bäckerei hier am Ort. Es gibt sie bereits seit ein paar Generationen, und mittlerweile führt Frau Lichtenbergs Sohn das Geschäft.«

Ich grinse. »Ach so, das erklärt natürlich, warum sie uns mit Marzipanteilchen verköstigt hat.«

»Himmlisch! Ich liebe die Dinger einfach, seit ich hier bin. Ich muss gleich mal fragen, ob sie mir noch welche für die Geburtstagsfeier liefern können.«

»Da sage ich nicht Nein. Ich bin auch ganz begeistert.«

»Und die Geschichte mit dir und Keno«, überlegt Nele. »Irgendwie doch wie in einem Liebesroman, oder? Aber das mit dem Traum ist schon schräg. Am Ende ist an der Legende wirklich was dran.«

Ihre Worte stimmen mich nachdenklich. Tatsächlich fühlt es sich beinahe so an. Wobei es solche Geschichten im echten Leben nicht gibt, es ist einfach unwahrscheinlich. Dennoch …

Ich muss an Richard denken, daran, wie wir über Liebesromane gesprochen haben, dass es da manchmal viel zu kitschig zugeht. Und an seine Frage, welches Buch ich gern wäre. Gerade in diesem Augenblick wünschte ich mir, dass die Geschichte hier weiterginge, dass sie gar nicht so unwahrscheinlich wäre, wie ich immer dachte.

»Und, was wirst du jetzt noch mit dem angefangenen Tag machen?«, holt Nele mich aus meinen Gedanken.

»Keno hat vorgeschlagen, zusammen eine kleine Radtour zu machen. Es sei denn, du möchtest, dass wir uns treffen …«

»Ja, ja, jetzt bist du endlich mal hier, und ich bekomme dich gar nicht zu Gesicht.« Sie lacht. »Spaß!

Klar, mach das, klingt doch sehr gut. Wir hören uns einfach später, okay?«

»Gut, so machen wir es.«

Nachdem wir das Telefonat beendet haben, sitze ich noch kurz da und denke nach. Es ist tatsächlich beinahe wie in einem Liebesroman zum Wegträumen. Gerade scheint alles gut zu sein. Doch irgendwo muss es einen Haken geben, oder? Den gibt es in Geschichten doch immer auf dem steinigen Weg zum Happy End. Liegt es nur an mir, wie ich mich entscheide, wie ich das Buch weiterschreibe? Ich weiß es nicht. Aber mal sehen, denn auch die Geschichten in Büchern bergen ja so manche Überraschung.

Unsere kleine Radtour führt uns am Meer entlang, und ich genieße es so sehr, mir die frische Luft um die Nase wehen zu lassen und die Wärme der Sonne auf meiner Haut zu spüren. Heute ist das Wetter wieder wie ausgewechselt. Gut, es ist noch windig, doch das ist es hier ja öfter. Ich genieße die frische Brise sogar. Die Landschaft ist einfach nur traumhaft schön, und ganz heimlich schleicht sich abermals der Gedanke in meinen Kopf, wie es wohl wäre, am Meer zu leben, für immer hierzubleiben.

Wir fahren nebeneinanderher, wenn es möglich ist, lachen, weil Keno versucht, freihändig zu fahren. Er erklärt mir, was es mit bestimmten Häusern auf sich hat und wie alt sie sind. Die Zeit vergeht wie im Flug.

Nach einer knappen Stunde hält Keno an und steigt vom Rad. »Das ist also der Kurstrand«, erklärt er. »Hier könntest du nach der Arbeit die Ruhe genießen und in einem der Strandkörbe abschalten. Was meinst du?«

Ich lächle. »Willst du mir jetzt den Ort schmackhaft machen?«

»Wirkt das so?«

Ich lasse meinen Blick schweifen. Der Strand liegt direkt an der Promenade. Ich muss zugeben, dass ich selten einen so breiten Strand gesehen habe.

Wir gehen auf einen der rot-weiß gestreiften Strandkörbe zu und setzen uns. Keno lehnt sich zurück und seufzt wohlig. »Perfekt, um die Seele baumeln zu lassen und die Menschen zu beobachten.«

Neugierig sehe ich mich um. Kinder bauen Sandburgen, ein paar Leute spielen Beachvolleyball, andere machen Yogaübungen. Grinsend deute ich in ihre Richtung. »Schau mal, genau wie du. Allerdings sind die angezogen.«

Keno lacht. »Ich mache doch kein Yoga. Aber wenn du willst, können wir das gern mal versuchen.« Wie er mich ansieht …

Dann sitzen wir einfach nur da, genießen die Sonne, die frische Luft und die Umgebung. Es ist unsagbar schön. Irgendwann verschmilzt Kenos

Blick mit meinem, er kommt noch ein bisschen näher, und dann küsst er mich. Seine Lippen schmecken salzig, nach einem Sommer am Meer.

Keno hatte recht, das ist wirklich ein ganz zauberhafter Strand. Hier zu sitzen, erfüllt mein Herz mit Meer. Und mit Liebe. Ich muss sagen, alles hier schenkt mir so viele Momente, die mich glücklich machen. Vor allem natürlich Keno. Wer hätte das gedacht?

»Neulich habe ich doch die kleine Tinke zu Dr. Drottke gebracht«, beginne ich zögernd, nachdem wir uns wieder voneinander gelöst haben.

»Ja, das hast du mir erzählt.«

»Und er hat mir angeboten, in seiner Praxis zu arbeiten. Kann ich wirklich einfach so beschließen, ans Meer zu ziehen?«

Er lächelt. »Man kann alles beschließen. Man kann umziehen, man kann reisen, irgendwie findet sich immer für alles ein Weg. Wie sagte Frau Lichtenberg? Wenn man mehr im Leben will, muss man auch bereit sein, mehr zu riskieren.«

»Ja, mit diesen Worten hat sie es echt getroffen. Die hätten auch von meinem früheren Chef stammen können. Er meinte immer, es darf gern ein bisschen mehr – oder Meer – im Leben sein.«

Er sieht mich an mit diesem Blick, den ich schon ein paarmal bei ihm wahrgenommen habe und den ich nicht deuten kann. Dann räuspert er sich. »Ja, der

Spruch ist schön, ich unterschreibe ihn zu hundert Prozent. Aber du musst selbst wissen, ob du dir das vorstellen kannst.« Er rückt noch ein wenig näher an mich heran. »Doch so wie ich dich bisher kennengelernt habe, wirst du das schon herausfinden.«

Mit einem Mal klopft mein Herz unsagbar schnell. Keno tut mir gut. So gut. Und ich mag ihn einfach.

»Weißt du, was wir jetzt machen?«

Ich sehe ihn fragend an. »Was denn?«

»Gar nichts. Wir sitzen einfach hier und genießen das Meer. Das ist manchmal mehr als genug.«

Als wir wieder zurück sind, beschließen wir, noch ein bisschen Zeit an unserem Strand zu verbringen. Wir schwimmen, albern herum, und ich merke, wie wehmütig ich werde, wenn ich daran denke, bald wieder abreisen zu müssen. Denn eigentlich ist es doch klar, was ich will, oder?

Auch am nächsten Tag verbringen wir Zeit zusammen. Wir besuchen ein Museum und liegen danach erneut am Strand. Ich mag es einfach, mit Keno zusammen zu sein. Und auch die Nächte sind wunderschön.

Ja, daran könnte ich mich in der Tat gewöhnen. Aber ist das alles nicht zu kitschig? Und wo ist das Drama?

Ich lächle. Muss es denn immer ein Drama geben?

Warum hat er nichts gesagt?

Am Morgen von Neles Geburtstagsfeier weckt mich so wie jeden Tag ein Sonnenstrahl, der sich durch die Vorhänge ins Zimmer verirrt. Ich wende den Kopf zur Seite, Keno liegt neben mir und schnarcht leise. Kaum zu glauben, wie sich alles entwickelt hat.

Bei seinem Anblick muss ich lächeln. Es wäre wirklich schön, jeden Tag so aufzuwachen. Schon die ganze Zeit denke ich darüber nach. Nicht nur seinetwegen, auch wegen mir selbst. Was hält mich denn noch zu Hause?

Ganz leicht fahre ich mit der Fingerspitze die Konturen seines Gesichts nach. Niemals hätte ich mir vorstellen können, einmal einen Mann anziehend zu finden mit einem solchen Bart, wie Keno ihn trägt. Und jetzt kommt es mir vor, als hätte es nie einen anderen Mann in meinem Leben gegeben. Keinen muskelbepackten Christopher, der auch im Supermarkt nichts anbrennen lässt.

Ich weiß doch, was ich will, oder?

In diesem Augenblick fühle ich mich so wohl, dass ich tatsächlich noch mal eindöse und erst aufwache, als Keno sich vorsichtig erhebt, mir seine nackte Kehrseite zuwendet und aus dem Zimmer schleichen will.

»Gehst du jetzt wirklich nackt ins Meer?«, murmele ich noch ein wenig verschlafen.

Er dreht sich zu mir um, und ich merke, wie meine Wangen rot werden. Natürlich entgeht ihm das nicht. Er beginnt zu grinsen. »Als ob du mich noch niemals nackt gesehen hast.«

»Na gut, dann störe ich dich mal nicht bei deinem Morgenritual.«

»Komm doch mit!«

Meint er das ernst?

Ich lache. »Nein, nein, widme du dich nur deinem Ritual, ich gehe inzwischen duschen. Und dann muss ich auch noch was erledigen.«

»Jetzt bin ich neugierig. Was denn?«

»Ich habe nachgedacht, ich bleibe hier.«

Ein Strahlen breitet sich auf Kenos Gesicht aus. Er kommt zu mir her, nimmt mich in die Arme und küsst mich ausgiebig.

»Ich weiß noch nicht genau, wie ich alles regeln werde«, sage ich. »Aber ja, ich werde hierbleiben. Es fühlt sich einfach so gut an. Und ich will es wagen.«

»Wirklich?«

»Ja!«

»Das müssen wir feiern.« Er zwinkert mir zu. »Ich beeile mich auch mit meinem Ritual, vielleicht komme ich dann zu dir unter die Dusche.«

»Klingt verlockend.«

Schließlich verlässt er den Raum, bleibt jedoch an der Tür noch mal kurz stehen und dreht sich zu mir um. Lächelnd werfe ich ihm ein Luftküsschen zu. Ich fühle mich so unheimlich befreit.

Ich trete ans Fenster und sehe Keno nach, wie er über den Strand zum Meer geht, sein nackter Hintern genau in meinem Blickfeld. Dieser Kerl …

Ja, ich will hierbleiben, bei ihm, ich will mehr. Genau so ist es. Alles ist so gut, alles wirkt so perfekt.

Mit einem Mal spüre ich, dass jetzt der Moment gekommen ist. Mit klopfendem Herzen gehe ich in den Flur, wo auf der Kommode Richards Kiste steht, die ich immer noch nicht angerührt habe. Ich nehme sie mit ins Wohnzimmer und setze mich dort an den Tisch.

Mein Puls geht noch schneller, als ich sie öffne. Obenauf liegt Richards Brief, den ich ja bereits kenne. Ich beschließe, ihn noch einmal zu lesen.

Liebe Kati,
ich möchte dir von Herzen danken für deine Unterstützung über all die Jahre. Es hat mir so viel Freude gemacht, mit dir zusammenzuarbeiten.

Nun wünsche ich mir, dass du mal wieder etwas für dich tust. Dass du dir deine Wünsche erfüllst. Fang doch mit dem Wunsch an, ans Meer zu fahren, in ein hübsches Häuschen. Kannst du dich noch daran erinnern, wie oft wir darüber geredet haben? Darüber und über die Romane, die du so gern liest? Vielleicht findest ja auch du etwas Großartiges am Meer. Travemünde ist wundervoll, dort wartet nicht nur deine Freundin Nele auf dich, sondern so viel mehr. Also tue es einfach. Das Leben ist zu kurz, um zu lange auf den Ruf der Wellen und des Meeres zu verzichten. Es darf auch für dich mal wieder ein bisschen Meer sein … Also werde selbst zu einer der Geschichten, die du so gern liest.

Mit herzlichen Wünschen
dein Richard Günther

Seine Worte erinnern mich wieder an die Gespräche, die wir hatten. Ja, warum soll ich es nicht wagen? All das bestärkt mich.

Ich lege den Brief zur Seite und krame weiter in der Kiste. Ein paar Fotos fallen mir in die Hände, und als ich sie mir ansehe, trifft es mich auf einmal wie ein Blitz. Denn auf einem der Bilder ist deutlich Keno zu erkennen. Und das Haus im Hintergrund ist das Häuschen, in dem ich gerade meinen Urlaub verbringe. Eines wird mir jetzt klar: Keno und Richard kannten sich. Wie kann das denn bitte sein?

Ungeduldig warte ich darauf, dass Keno zurückkommt. Denn ich will von ihm eine Erklärung. Er muss mir sagen, was es mit diesen Fotos auf sich hat.

Als er nach einer gefühlten Ewigkeit das Wohnzimmer betritt, sitze ich noch immer völlig aufgewühlt da. Er hebt eine Augenbraue und sieht mich fragend an. »Kati, ist alles okay?«

»Nein, nichts ist okay. Wie hieß der Mann, für den du das Haus hier renoviert hast?«, sage ich beinahe tonlos. Ich sehe ihn an, wie er vor mir steht, das Handtuch um die Hüften und mit diesem besorgten Blick, und werde mit einem Mal wütend. »Richard Günther war mein Chef, und du hast ihn gekannt. Warum hast du mir das nicht gesagt?«

Er schluckt, antwortet aber nichts. Geschieht ihm recht, wenn es ihm die Sprache verschlagen hat.

Ich hingegen gerate jetzt immer mehr in Rage. »Du wusstest also die ganze Zeit, wer ich bin? War das alles ein Plan, ein abgekartetes Spiel? Und jetzt verstehe ich auch, warum du plötzlich nett zu mir warst. Ich wusste, dass da etwas nicht stimmt. Von wegen ich mache nur Drama. Mein Bauchgefühl war schon richtig.«

Noch immer sagt er nichts.

»Weißt du, wie blöd ich das finde? Dieses Gerede von Meer und Liebe und dass ich hierbleiben soll … Ich dachte, das alles passiert, weil es so sein soll.« Ich schlage mir die Hände vors Gesicht und schüttele den Kopf. »Dabei hast du mich nur benutzt und mir was vorgespielt. Dass du mich magst und das alles. Damit wir im Bett landen, oder was? Bekommst du denn was dafür? Eine Art Provision?«

»Was? Nein! So ist es doch gar nicht! Und ich war immer ehrlich. Das mit uns … es sollte auch so sein, davon bin ich überzeugt.« Er kommt zu mir her, kniet sich vor mich und zieht mir sanft die Hände vom Gesicht. »Ich gebe zu, ich wusste, wer du bist. Von Svantje. Doch alles andere war echt.«

»Ach ja? Aber du hast es mir nicht gesagt. Nicht in den letzten Tagen, nicht im Leuchtturm. Spätestens da hättest du die Möglichkeit gehabt. Da hast du mir noch von dem Besitzer des Hauses erzählt, der gestorben ist. Warum hast du es nicht einfach gemacht?«

»Keine Ahnung, warum. Vielleicht …« Er schließt die Augen und atmet tief durch. »Ganz ehrlich, ich weiß es nicht.«

Ich habe so sehr versucht, nicht zu weinen, aber jetzt rollt mir doch eine Träne über die Wange. »Und das soll ich dir glauben?«

»Was sollte ich davon haben? Alles, was ich will, ist, dass du bleibst. Da ist es doch egal, ob ich ihn kannte oder nicht.«

»Das ist nicht egal. Weil du nicht ehrlich warst. Weißt du was? Es ist gut, dass ich es noch rechtzeitig herausgefunden habe, dass ich vor einem Fehler bewahrt werde. Und so, wie du mich am Anfang loswerden wolltest, so froh bin ich jetzt, morgen gehen zu können.«

Die schönsten Geschichten schreibt doch das Leben

Wenn Nele nicht Geburtstag hätte, wäre ich bereits abgereist. Weil ich so enttäuscht und wütend bin. All der Zauber, alles, was sich so gut angefühlt hat, ist verpufft. Der Plan war anders, eigentlich wollte ich mit Keno zur Feier gehen. An Neles großem Tag. Er sollte toll werden, doch jetzt bin ich einfach nur froh, wenn alles vorbei ist.

Als ich aus der Haustür trete, sehe ich zu Kenos Eingang hinüber. Nach dem Streit ist er gegangen, und seitdem habe ich ihn nicht mehr gesehen. Was schon gut so ist. Sein Auto ist nicht da, er wird bei der Arbeit sein oder wo auch immer. Mir egal.

Ich setze mich in meinen Wagen und mache mich auf den Weg.

Als ich an dem hübsch geschmückten Häuschen am Strand ankomme, in dem Neles Feier stattfindet, ist sie gerade dabei, die letzten Vorbereitungen zu treffen.

»Ah, da bist du ja, Kati. Komm, lass dich umarmen.«

Natürlich habe ich ihr schon am Telefon von dem Streit mit Keno erzählt. Doch das soll jetzt nicht das Thema sein, und so falle ich ihr um den Hals und halte sie ganz fest. »Heute Nacht wirst du dreißig, mein Schatz!«

Sie löst sich von mir, hält mich ein Stück von sich weg und mustert mich. »Geht's dir gut?«

Ich nicke. »Schon. Klar waren die Tage ganz nett, aber meistens kommt es doch anders, als man denkt. Ich bin froh, dass ich alles noch rechtzeitig herausgefunden habe.«

»Keno kommt dann wohl nicht zur Feier?«

Ich hebe eine Augenbraue. Hat sie keine anderen Sorgen?

»Also nein.« Nele nickt. Ich sehe ihr an, dass sie mir gern so vieles sagen würde, doch sie tut es nicht. »Kannst du mir noch kurz helfen, diese Laternen aufzuhängen? Nur ein paar, die leuchten dann später im Dunkeln.«

Gemeinsam ist das mit den Laternen schnell erledigt. Als wir fertig sind, greift Nele nach meinen Händen und sieht mir fest in die Augen. »Meinst du nicht, dass du übertreibst? Keno kannte deinen früheren Chef, und das hätte er dir auch sagen können. Aber ist denn das, was er getan hat, so schlimm?«

»Er war nicht ehrlich zu mir, Nele. Ganz einfach.«

Sie seufzt. »Schon, aber du könntest trotzdem ...«

»Mal sehen. Doch heute ist dein Tag, dein Abend«, sage ich eindringlich. »Lass uns jetzt nicht mehr darüber reden. Holen wir uns lieber was zu trinken. Außerdem ...« Ich sehe mich um und entdecke einen langen Tisch, auf dem zahlreiche Köstlichkeiten angerichtet sind. »Außerdem kann ich es kaum erwarten, bis das Buffet eröffnet wird.« Ich will jetzt einfach nur versuchen, mir keinen Kopf mehr wegen der Sache mit Keno zu machen.

»Das freut mich.« Nele lächelt. »Schau mal, die Torte. Ein Geschenk von Fiete.«

»Eine Marzipantorte? Aus der Bäckerei von Frau Lichtenbergs Familie?«

»Exakt. Die musste noch sein. Aber lass uns jetzt erst mal was trinken. Wein?«

»Ja, Wein klingt gut.«

Nach und nach treffen auch die anderen Gäste ein. Alle umarmen Nele, und ich finde es schön, zu sehen, dass sie hier endgültig angekommen zu sein scheint.

Irgendwann entdecke ich Svantje im Getümmel. Sie kommt lächelnd auf mich zu, doch ich bin irgendwie genervt. Wusste sie auch, dass Richard mein Chef war?

»Na, alles gut bei dir?«, fragt sie mich jetzt auch noch.

Ich nicke, lege dann jedoch den Kopf schief. »Wobei, eigentlich nicht so. Ich …« Auf einmal sprudelt es aus mir heraus. »Warum hast du mir dieses Haus zugeteilt, was hatte es damit auf sich? Sollte sich Keno um mich kümmern, war das der Plan? Was steckt dahinter?«

Svantje starrt mich mit offenem Mund an. Sie scheint noch dabei zu sein, die Fragen, mit denen ich sie bombardiert habe, gedanklich zu sortieren, als Nele sich zu uns stellt.

»Alles okay hier?«, will sie wissen.

»Nein, ich …« Ich winke ab. »Ach, es ist egal.« Mein Blick gleitet an ihr vorbei, und mit einem Mal sehe ich ihn.

Keno.

Warum ist der bitte hier?

Jetzt macht er auch noch Anstalten, zu uns herzukommen. Ich will weglaufen, doch Nele hält mich am Arm fest. »Ihr redet jetzt miteinander. Alle.« Ehe ich etwas entgegnen kann, schiebt sie mich schon in seine Richtung.

Na toll. Schöne Freundin.

»Jetzt hör mir mal bitte zu, Kati«, sagt Keno, während ich noch auslote, wie ich am schnellsten von hier wegkomme. »Ich verstehe, dass du sauer bist, weil ich wusste, wer du bist. Dass ich dir nichts davon gesagt habe, war Mist. Das heißt aber doch nicht gleich, dass ich nicht ehrlich war.« Er hält kurz inne. »Und ja, ich wollte dich loswerden, allerdings nur ganz am Anfang, am allerersten Tag. Denn danach habe ich eines erkannt: Wenn dein Chef dich so sehr mochte und darum gebeten hat, dass du dieses Haus mietest, dann darf ich mich so nicht verhalten. Und schließlich ist es gekommen, wie es gekommen ist: Ich mag dich, und zwar so sehr wie schon lange keine Frau mehr. Noch vor einem Jahr hätte ich das niemals für möglich gehalten, da wollte ich mich nie wieder verlieben. Natürlich hatte ich die Möglichkeit, dir alles zu erzählen. Aber ich habe nichts gesagt, weil ich wollte … Na ja, du solltest hierbleiben, weil du es willst, und nicht, weil ich dich darum bitte. Ich gebe zu, das alles ist verwirrend, und manchmal versteht man seine Reaktionen selbst nicht. Doch das hier ist eben unsere ganz eigene Geschichte. Eine, die uns, warum auch immer, zusammengeführt hat. Und wie ich schon gesagt habe, ich wollte mich nicht verlieben, aber jetzt …«

Ich sehe ihn an, lasse seine Worte auf mich wirken. »Du hast dich in mich verliebt?«

»Ja, verdammt. Wenn verlieben bedeutet, dass man ständig nur mit dem anderen zusammen sein möchte und sich alles Mögliche vorstellen kann, wenn das Herz ein bisschen mehr will, ja, dann ist es so. Und ich bin mir sicher, dass aus uns mehr werden kann, wenn du bleibst. Ich würde es jedenfalls unfassbar schade finden, wenn es mit uns beiden wegen dieser Sache nicht klappt.«

Mit einem Mal räuspert sich Svantje. »Ich glaube, ich muss da jetzt auch mal etwas aufklären.«

Fragend sehe ich sie an. »Ich verstehe nicht …«

»Ich weiß, aber gleich wirst du es verstehen.« Sie reicht mir einen Brief. »Es ist sehr wichtig, dass du ihn liest, am besten jetzt gleich.«

Als ich den Brief entgegennehme, klopft mein Herz heftig. Ich sehe zu Keno, zu Nele und Svantje. Vor allem Nele nickt mir ermutigend zu, also wende ich mich ab und gehe nach draußen ans Meer. Dort setze ich mich im Licht einer Laterne in den Sand, öffne den Umschlag und falte das Blatt Papier, das sich darin befindet, auseinander. Die Handschrift kommt mir bekannt vor, ich bin mir fast sicher, es ist die von Richard. Ist das etwa noch ein Brief von ihm?

Tatsächlich.

Liebe Kati,
wenn du diesen Brief bekommst, wunderst du dich sicherlich sehr darüber. Ich habe Svantje den Auftrag gegeben, ihn dir zur rechten Zeit zu geben. Dass du ihn jetzt in den Händen hältst, bedeutet, dass du ans Meer gefahren bist. Ich bin so glücklich darüber.
Falls du dich fragst, ob Nele in das, was du gleich erfährst, eingeweiht war: Nein, das war sie nicht. Und

Keno habe ich auch nicht mehr erzählt, als dass wir beide uns kennen. Aber ich habe darauf vertraut, dass er das Richtige tun wird. Nämlich dich kennenzulernen. Und ich hoffe sehr, dass ihr euch versteht.
Aber ganz von vorn. Du weißt ja, ich habe das Meer so gern gemocht. Doch du weißt nicht, dass ich hier ein Haus gekauft habe. Ein Haus, von dem ich Unglaubliches gehört hatte. Eine Legende rankt sich darum, sie geht auf die Familie zurück, die das Haus gebaut hat. Angeblich soll es in der ersten Nacht, in der man hier schläft, dem Ruf des Meeres folgen und die Sehnsucht, die man selbst im Herzen trägt, freisetzen. Es trägt also nicht umsonst den Namen »Meeresrufen«.
Du fragst dich sicher, wie ich ausgerechnet auf dieses Haus gekommen bin. Eine gewisse Frau Lichtenberg machte mich darauf aufmerksam. Ich habe das Marzipangebäck aus der Bäckerei ihrer Familie so sehr geliebt, dadurch kamen wir eines Tages ins Gespräch. Ihr Großvater machte übrigens auch seine Erfahrungen mit dem Haus und der Legende, die sich darum rankt. Weil sein bester Freund dort wohnte, übernachtete er einmal im Haus. Im Traum sah er sich in seiner eigenen Backstube stehen – und ein halbes Jahr später eröffnete er die Bäckerei, die noch heute im Besitz der Familie ist.
Als ich hier übernachtet habe, zeigte mein Traum mir dich, zusammen mit Keno. Daraufhin lernte ich Keno kennen und dachte mir, dass ihr beide tatsächlich per-

fekt zusammenpassen könntet. Damals stand er an einem Wendepunkt in seinem Leben und bezog gerade das Haus nebenan. Ja, er ist manchmal etwas grummelig, wie du sicher auch gemerkt hast, doch er ist ein guter Kerl mit einem unwahrscheinlich großen Herzen. Er begann damit, das Haus so für mich zu renovieren, wie ich es wollte – genauer gesagt, wie du es wolltest. Ich konnte mich nämlich noch gut daran erinnern, was du einmal zu mir gesagt hattest: Wenn dein Leben ein Liebesroman wäre, dann würde er am Meer spielen, in einem bunt gestrichenen Haus.

Ich fand den Gedanken, es so umzusetzen, unglaublich schön und berührend. Das Ganze ist ungewöhnlich, ich weiß. Doch damit möchte ich dir Danke sagen für deine Mitarbeit und deine Loyalität über all die Jahre. Natürlich glaubt man immer nicht daran, dass Dinge passieren können, die sich anfühlen, als stammten sie aus einem Buch. Doch genau das war mein Plan.

Schließlich weihte ich Svantje ein. Sie sollte sich unbedingt darum kümmern, dass du nach meinem Tod hierherkommst und dieses Haus mietest. Sie fragte dann immer wieder bei deiner Freundin Nele nach, ob du dich schon entschieden hast, hier Urlaub zu machen. Falls ja, sollte sie dir dieses Ferienhaus zuteilen, damit du auch Keno kennenlernst.

Und dann wäre da noch mein bester Freund Karl Drottke, den du inzwischen bestimmt auch schon getroffen hast. Ich habe ihm schon lange von dir vorge-

schwärmt und denke, du wirst ihn in seiner Praxis gut unterstützen können.

Zu gern würde ich jetzt wissen, wie alles ausgegangen ist, ob du dein Happy End bekommst. Ob alles so abgelaufen ist, wie ich es mir vorgestellt habe. Ich glaube jedenfalls fest daran, dass du in deiner ersten Nacht etwas geträumt hast, das dir den Weg zeigt.

Alles Liebe,

Richard

»Da bist du ja«, höre ich mit einem Mal eine Stimme neben mir. Es ist Nele. Noch immer ganz ergriffen reiche ich ihr den Brief.

Eine ganze Weile lässt sie ihren Blick über die Zeilen wandern. Als sie damit fertig ist, sieht sie mich an. »Wow, okay. Also … ich weiß jetzt gar nicht, was ich sagen soll.«

Meine Stimme zittert, als ich mir eine Träne aus dem Augenwinkel tupfe. »Er hat das alles für mich gemacht, Nele, weil ich immer von diesen Geschichten geträumt habe.«

»Und jetzt ist es auch noch tatsächlich gut geworden, so wie in einem Buch.« Sie lächelt. »Keno mag dich wirklich und du ihn auch. Er macht sich echt Gedanken um dich. Schau, da drüben steht er. Willst du nicht zu ihm hingehen? Du hast jetzt die Wahl.«

»Weißt du, was das Schlimme ist?«, frage ich.

Nele schüttelt den Kopf. »Nein, was denn?«

»Ist die ganze Geschichte nicht zu kitschig? Mein Chef, dieses Haus, Keno, der mich erst nicht mochte, aber dann schon, das Drama, das ich mir selbst zuschreiben muss …«

»Es ist eben wie in einem Liebesroman. Und das wollte dein Chef doch für dich, oder?«

Kurze Zeit später bin ich auf der Suche nach Keno. Ich hoffe, dass er noch da ist, denn ich kann es kaum mehr erwarten, ihm alles zu erzählen. Das Ganze ist verrückt, aber verrückt schön.

Doch Fiete durchkreuzt mein Vorhaben, denn genau in diesem Moment ruft er: »Gleich ist es Mitternacht!« Er nimmt Neles Hand. »Kommt alle mit, wir gehen an den Strand. Schnappt euch ein Glas, und los geht's.«

Am Strand angekommen, bilden wir einen Kreis und nehmen Nele in die Mitte.

Auf einmal steht Keno neben mir, und mein Herz macht vor Erleichterung einen kleinen Satz. »Alles in Ordnung bei dir?«, fragt er.

Ich sehe ihn an und nicke. »Ja, alles okay. Lass uns gleich reden, ja?«

Fiete beginnt, herunterzuzählen: »Zehn, neun, acht …«

Wir schließen uns ihm an, und als wir bei null angekommen sind, fangen wir alle an zu singen.

Nele strahlt über das ganze Gesicht. Tränen kullern ihr über die Wangen. »Vielen, vielen Dank, ich bin so glücklich, euch hier zu haben. Und jetzt feiern wir noch eine Runde!«

Vorher will ich allerdings mit Keno sprechen, doch irgendwie habe ich ihn aus den Augen verloren. Dafür entdecke ich wieder Svantje unter den Feiernden und beschließe, zu ihr hinzugehen.

»Hast du den Brief gelesen?«, fragt sie.

Ich nicke. »Ja. Ich kann es noch gar nicht fassen, was Richard sich da alles ausgedacht hat.«

Sie lacht. »Stimmt, so etwas gibt es sonst nur in Büchern. Ich war auch ganz perplex, aber es ist einfach unglaublich süß.«

»Was ist eigentlich mit dem Haus?«, hake ich zaghaft nach. »Wenn ich hierbleiben sollte, kann ich dann dort wohnen? Es mieten?« Ich spreche das aus, was mir am Herzen liegt, was mein sehnlicher Wunsch wäre.

»Willst du denn bleiben?«

»Wenn ich ehrlich bin, wollte ich das schon die ganze Zeit. Schon seit meiner Ankunft kann ich es mir vorstellen.«

Auf einmal zieht sie mich in ihre Arme, einfach so, was mich total überrascht, sich aber gut anfühlt.

Als wir uns voneinander lösen, lächelt sie. »Dann habe ich hier noch etwas für dich.« Sie holt ein zusammengefaltetes Blatt Papier aus ihrer Tasche.

Ich gehe ein paar Schritte zur Seite, wo eine der Laternen die Nacht erhellt. Als ich das Papier auffalte, klopft mein Herz. Und mehr noch, nachdem ich begriffen habe, was da steht.

Das Haus. Richard hat es mir vererbt.

»Er mochte dich wirklich sehr gern«, sagt Svantje, die neben mich getreten ist, mit belegter Stimme. »Es kann gar nicht anders sein, sonst hätte er nicht das alles auf die Beine gestellt.«

Ich lächele. »Vielleicht war es auch das Rufen des Meeres, wie auch immer. Ich denke jedenfalls, es ist so gekommen, weil es so sein sollte.«

»Kitschig, oder?«

»Hach ja, aber ich liebe nun mal Kitsch.«

Natürlich möchte ich jetzt endlich auch Keno alles erzählen, doch ich kann ihn noch immer nirgendwo entdecken. Nele verrät mir schließlich, wo er ist. Er sitzt in einiger Entfernung im Sand. Allein.

Wieder geht mein Puls schneller, als ich zu ihm hingehe. »Hey.« Ich setze mich neben ihn, und er dreht den Kopf in meine Richtung.

»Hey.«

Ich weiß nicht so recht, wie ich anfangen soll, also reiche ich ihm einfach den Brief. Nachdem ich die Taschenlampe am Handy eingeschaltet habe, beginnt er zu lesen.

»Das ist ja …«, stammelt er ungläubig.

Ich nicke. »Irreal, oder?«

»Irgendwie schon.« Er hebt den Kopf und starrt hinaus aufs Meer. Ob er sauer ist? Ich meine, ich war ja nicht gerade nett zu ihm.

»Ich schulde dir noch was«, sagt er mit einem Mal. Ich habe keine Ahnung, was er meint. »Weißt du noch, als wir über unsere Wünsche gesprochen haben? Ich sagte dir, dass ich es dir irgendwann erzähle. Wenn es an der Zeit ist.«

»Ja, ich erinnere mich.«

»Mein Wunsch war, dass wir beide … dass unsere Geschichte weitergeht. Das hätte ich an dem Abend schon sagen sollen. Es wäre so einfach gewesen. Aber ich war auch unsicher, verstehst du?«

»Keno?«

»Ja?«

»Das ist jetzt alles egal. Ich habe mich nämlich auch in dich verliebt.« Er sieht mich an, antwortet jedoch nichts, und so spreche ich einfach weiter: »Nachdem Richard mir das Haus vererbt hat, werde ich Dr. Drottke fragen, ob ich bei ihm arbeiten kann. Also, erst mal den Probetag, aber ich bin guter Dinge. Womöglich gehe ich ein zu großes Risiko ein, doch ich will es versuchen. Ich möchte einfach, dass es klappt. Denn mit dir, da spüre ich diesen Zuckerguss, dieses Herzklopfen, dieses Mehrgefühl im Herzen. Wie in einem kitschigen Liebesroman. Und ich will Meer. Ja, Meer und …«

»Und?« Keno lächelt.

»Und mehr von dir. Wenn du das auch gern willst …«

»Das würde also heißen, du bleibst meine Nachbarin?«

»Stimmt.«

»Dann musst du aber auch mein Morgenritual ertragen. Jeden Tag.«

Ich winke ab. »Ach, das werde ich schon aushalten. Umgekehrt musst du allerdings auch das Drama ertragen, falls ich je mal wieder welches machen sollte.«

»Oh weh. Und ich muss dauernd was reparieren.«

»Weil du gerade davon sprichst: Hilfst du mir beim Streichen der Fassade?«, frage ich keck. »Ich hätte sie gern total bunt.«

»Das kostet aber etwas.«

»Ach ja?«

»Mindestens einen Kuss pro Tag. Wobei, wenn du jetzt Tiefseetaucherin wirst und tote Fische küsst? Immerhin sagtest du ja, bevor du was mit mir anfängst … Ob ich dich dann noch küssen will? Ich meine, tote Fische …« Er verzieht gespielt angeekelt das Gesicht, und ich drücke ihm schnell einen Kuss auf den Mund.

»Unsere Geschichte ist ein ganz schön kitschiger Roman geworden, oder?«

»Vielleicht.« Keno streicht mir zärtlich über die Wange. »Aber was wärst du lieber? Ein Sachbuch oder ein Liebesroman?«

Die Antwort ist klar. Und ich weiß noch etwas: Dieser Zuckerguss fürs Herz ist nicht zu verachten. Er ist sogar wunderschön. Ich kann es kaum erwarten, unsere Geschichte hier am Meer weiterzuschreiben. Sie kann gut enden, sie kann aber auch schiefgehen. Doch wenn man im Leben mehr will, muss man auch bereit sein, mehr zu geben und zu riskieren. Und meinetwegen darf es gern noch ganz viel mehr sein.

ENDE – UND DOCH ERST DER ANFANG …

Ein Dankeschön und Gratisgeschenk

Melde dich auf meiner Website michelleschrenk.de für den Newsletter an und verpasse keine Neuigkeiten mehr. Als Dank für deine Treue bekommst du dort kostenlose Bücher und Bonuskapitel.

Meine liebe Leserin, mein lieber Leser,

an dieser Stelle möchte ich dir vielmals danken, dass du dieses Buch gelesen hast und meine Bücher liebst. Ich hoffe, dir hat die Geschichte von Kati und Keno gefallen. Vielleicht hat sie dein Herz berührt, und ich konnte dich für eine kurze Zeit aus dem Alltag entführen. Es ist einfach wundervoll, dass du mich auf dieser Reise begleitest. Ich liebe den Austausch mit euch allen, egal auf welchem Weg. Schreibe mir also immer gern. Falls du mir mal zufällig irgendwo begegnen solltest, kannst du mich natürlich auch jederzeit ansprechen. ☺

Wenn dir diese Geschichte gefallen hat, dann lass es mich doch bitte wissen. Schreibe mir gern eine Rezension bei Amazon, denn das ist ganz wichtig für uns Autoren. Besuche mich auf Facebook und Instagram oder folge mir auf Amazon. Werde einer meiner Insider auf WhatsApp, dort gibt es immer ganz besondere News. Ich lasse dich an Coverabstimmungen teilhaben, oder wir plaudern einfach ein wenig. Hinterlasse ein Däumchen oder einen Kommentar, wie und wo auch immer. Ich freue mich über jede Rückmeldung.

Ganz lieben Dank!
Deine Michelle

Im Anschluss findest du weitere Bücher von mir, die ich dir ebenfalls ans Herz legen möchte.
Mehr über meine Bücher auch auf meiner Website michelleschrenk.de

Strandküsse und andere Turbulenzen

Wenn statt Urlaubserholung das pure Chaos auf dich wartet …

Rike ist ein Arbeitstier und hasst Urlaube. Zu blöd, dass sie sich in einem sentimentalen Moment dazu überreden lässt, zusammen mit einem guten Freund die Pension Sommertraum an der Nordsee zu buchen. Als sie von diesem jedoch kurzfristig versetzt wird, sieht sie sich gezwungen, allein in den Urlaub zu fahren.

Und das ist erst der Anfang einer Vielzahl von Turbulenzen. Denn die Pension Sommertraum, die im Internet so hübsch aussah, entpuppt sich als Albtraum schlechthin. Und als wäre das nicht schon schlimm genug, ist da auch noch dieser Nils, der Rike schon im Zug gehörig auf die Nerven ging.

Doch dann reißt er mit einem einzigen Strandkuss ihre sonst so geordnete Welt aus den Fugen …

Im Strandkorb küsst sichs besser
Michelle Schrenk / Anna Winter

Das Schicksal kann wie eine Krabbe am Zeh sein ...

Sonnenanbeterin Anni hat die Nase voll. Nach einer arbeitsreichen Zeit und lauter Pech in der Liebe gönnt sie sich einen Sommerurlaub auf Sylt. Völlig klar, dass sie sich diesen durch absolut nichts verderben lassen will. Schon gar nicht durch einen Mann. Eis essen, Baden im Meer und Entspannung pur stehen bei ihr auf dem Programm.
Dumm nur, dass das Schicksal es anders mit ihr meint und ihr Urlaub nicht ganz so reibungslos verläuft. Und dann ist da noch Niklas, ein geradezu verboten attraktiver, aber vorwitziger Typ, der das unglückliche Timing hat, immer dann aufzutauchen, wenn es bei Anni mal wieder schiefgeht. Lachen seine meerblauen Augen sie nur aus oder steckt etwa mehr hinter diesem Funkeln?

Charmant, fröhlich und voller Sommerlaune – der neue Roman von den beiden #1-Kindle-Erfolgsautorinnen Anna Winter und Michelle Schrenk über Träume, Schäume und zweite Blicke. Und manchmal, ganz ab und zu, braucht das Schicksal auch einen kleinen Schubs.

Wie ein Stück von unserem Himmel

Wenn du kurz vor der Hochzeit stehst und deinem Ex-Freund vor die Füße kotzt, hast du vielleicht doch noch nicht alles aus deiner Vergangenheit verarbeitet …

Isabella ist fassungslos: Kurz vor ihrem großen Tag tritt ihr Ex-Freund Fabian plötzlich wieder in ihr Leben. Ausgerechnet er soll den erkrankten Hochzeitsfotografen vertreten. Kein Wunder, dass sie sich in seiner Gegenwart einfach mal so übergeben muss. Als wäre das nicht schon genug, verkündet auch noch ihre Oma, der Hochzeit fernbleiben zu wollen.

Doch Isabella ist fest entschlossen, allen Widrigkeiten zu trotzen und endlich ihr neues Leben zu beginnen. Ein neuer Himmel ist schließlich ihr Ziel – koste es, was es wolle. Wäre da nur nicht das Problem, dass zwischen ihr und Fabian noch nicht alles geklärt ist.

Und dieses eine Stück vom alten Himmel holt ungeahnte, längst vergessene und verdrängte Gefühle wieder an die Oberfläche …

Weil wir in den Sternen stehen:
Das Buch unseres Lebens

Wenn das Schicksal etwas Bestimmtes mit dir vorhat, stehen die Sterne nicht nur kopf, sie leuchten auch ein bisschen heller …

Als Emilia und Raphael sich am Bahnhof zum ersten Mal flüchtig über den Weg laufen, ist ihr Plan ganz sicher nicht, ein gemeinsames Leben zu führen. Eine unbedeutende Begegnung, mehr nicht. Und doch treffen sie kurze Zeit später scheinbar zufällig schon wieder aufeinander. Emilia, die ihren ersten Roman verfassen will, kann es nicht glauben: Der nervige Nachbar mit der zu lauten Musik ist Raphael, der Kerl vom Bahnhof. Auch wenn er irgendwie witzig, frech und anziehend ist, wird er sicher keine Rolle in ihrem Leben spielen oder gar am Ende mit ihr gemeinsam Geschichte schreiben. Wenn, dann höchstens ein Kapitel. Oder vielleicht auch zwei?
Doch mit Büchern ist das so eine Sache. Wenn man einmal damit angefangen hat, sie zu schreiben, lassen sich manche Geschichten nicht so einfach beenden – schon gar nicht, wenn das Schicksal der Autor ist und längst seine Finger im Spiel hat.

Nur ein einziger Tag

Wenn sich ein Mensch verletzt, heilt irgendwo ein anderer.

Anni hat nur ein Ziel im Leben: todkranken Menschen ihren letzten Wunsch zu erfüllen und ihnen nur noch einen einzigen Tag voller Glück zu schenken. Dieses Ziel setzt sie zusammen mit ihrem Team vom Wünschewagen erfolgreich in die Tat um.
Sie selbst ist jedoch alles andere als glücklich. Denn nur ein einziger Tag hat vor vier Jahren alles in ihrem Leben für immer verändert. Ein Tag, der sie niemals mehr losgelassen hat, so schwer wiegen die Schatten der Vergangenheit und die Schuld auf ihr. Doch dann begegnet sie Jasper, ihrem neuen Nachbarn. Er weckt Gefühle in ihr, die sie seit Jahren nicht mehr empfunden hat.
Als auf ihrem Schreibtisch dann auch noch ein unerwarteter Herzenswunsch landet, bringt dieser Anni zurück an den Ort, dem sie eigentlich für immer den Rücken kehren wollte. Und mit einem Mal muss sie erkennen, dass nichts im Leben ohne Grund passiert. Denn wenn sich ein Mensch verletzt, heilt irgendwo ein anderer.

Irgendwo hinter den Wolken
Finalist beim Kindle Storyteller Award 2019

Sophie will endlich die Dunkelheit verlassen, die sie seit Jahren gefangen hält. Sie ist sich sicher, dass ihr zerbrochenes Herz nie wieder heilen kann, dennoch sehnt sie sich nach einem Neuanfang und einem Leben ohne Angst. Ein Versprechen und eine Postkarte tragen eines Tages entscheidend dazu bei, dass Sophie den Mut fasst, nur mit einer Reisetasche bepackt ins Ungewisse zu fliehen.

Dann trifft sie auf Erik. Auch er hat einen schlimmen Verlust erfahren und glaubt fest daran, dass nichts den Schmerz in ihm jemals wieder lindern wird.
Doch was beide nicht wissen: Es ist kein Zufall, sondern Schicksal, dass sie sich begegnet sind. Denn sie verbindet die Hoffnung, dass irgendwo hinter den Wolken das Glück auf sie wartet.

Ein Roman voller Hoffnung – so wie das Licht hinter den Wolken.

Printed in Germany
by Amazon Distribution
GmbH, Erfurt

12461759R00144